ALEXIS D'HAÏTI

Catalogage avant publication de Bibliothèque et Archives nationales
du Québec et Bibliothèque et Archives Canada

Agnant, Marie-Célie
    Alexis d'Haïti
    (Collection Atout ; 30. Récit)
    Éd. originale : c1999.
    Pour les jeunes de 12 ans et plus.
    ISBN 978-2-89428-897-9

    I. Titre. II. Collection : Atout ; 30. III. Collection : Atout.
Récit.

PS8551.G62A83 2006   jC843'.54   C2006-940023-7
PS9551.G62A83 2006

Les Éditions Hurtubise bénéficient du soutien financier des institutions
suivantes pour leurs activités d'édition :

– Conseil des Arts du Canada ;
– Fonds du livre du Canada (FLC) ;
– Société de développement des entreprises culturelles du
  Québec (SODEC) ;
– Gouvernement du Québec par l'entremise du programme
  de crédit d'impôt pour l'édition de livres.

Conception de la couverture : fig. communication graphique
Illustration de la couverture : François Thisdale

Copyright © 1999, 2006 Éditions Hurtubise HMH ltée

ISBN : 978-2-89428-897-9 (version imprimée)
ISBN : 978-2-89647-819-4 (version numérique PDF)

Dépôt légal/2e trimestre 2007
Bibliothèque et Archives nationales du Québec
Bibliothèque et Archives Canada

Diffusion-distribution au Canada :   Diffusion-distribution en Europe :
Distribution HMH   Librairie du Québec/DNM
1815, avenue De Lorimier   30, rue Gay-Lussac
Montréal (Québec) H2K 3W6   75005 Paris FRANCE
www.distributionhmh.com   www.librairieduquebec.fr

Imprimé au Canada
www.editionshurtubise.com

MARIE-CÉLIE AGNANT

ALEXIS D'HAÏTI

Née à Port-au-Prince, en Haïti, **Marie-Célie Agnant** vit à Montréal, au Québec, depuis 29 ans. Enseignante puis traductrice et interprète auprès des communautés latino-américaines et haïtiennes, elle a collaboré à plusieurs projets de recherche réalisés par l'Institut national de la recherche scientifique, l'Université Laval et l'Université du Québec à Montréal. Ses textes et ses poèmes paraissent régulièrement dans plusieurs publications : Haïti-Progrès, Option Paix, la Gazette des femmes, Prisma, etc.
Le Silence comme le sang (éditions Remue-Ménage), un recueil de ses nouvelles, a été finaliste pour le Prix du Gouverneur général du Canada.

Son premier roman pour les jeunes, **Le Noël de Maïté**, dans la collection Plus, raconte un peu de la vie des Haïtiens de Montréal.

1

LA RUCHE

— Alexis Jolet ! combien de fois faut-il que je répète de regarder au tableau ? Redescendez sur terre, sinon je vous envoie au piquet pour le reste de l'après-midi !

Monsieur Richer, le maître d'école, accompagne sa menace d'un coup de règle sur le bureau, qui claque comme un fouet. Alexis sursaute. Les épaules basses, il se met à fixer le tableau en implorant le ciel : « Pas aujourd'hui ! Mon Dieu, faites qu'il m'oublie ! »

Alexis ne sait rien de sa leçon. Pourtant, comme à l'accoutumée, il a étudié une bonne partie de la soirée, hier. Mais il a tout oublié. « Si le maître m'interroge, pense-t-il, qu'est-ce que je vais lui répondre ? Que j'ai oublié la leçon parce que je suis inquiet pour mon père ?

Il faudrait alors que je lui dise tout. Mais par où commencer ? »

Alexis n'a jamais été aussi distrait en classe. Près de lui, Jérémie, son meilleur ami, lui jette des regards à la dérobée. Du bout de sa règle, il fait glisser jusqu'au pupitre d'Alexis un petit billet froissé : *Est-ce que vous avez eu des nouvelles ?*

— Non, répond Alexis de la tête.

Jérémie a l'impression de voir perler des larmes aux cils d'Alexis. Son cœur se serre lorsqu'il parcourt la petite note que lui renvoie ce dernier. *Cela fait plus d'une semaine maintenant qu'ils l'ont arrêté.*

La voix du professeur qui énumère les leçons pour le lendemain se fait insistante :

— La semaine prochaine débuteront les examens de la fin du trimestre. Il faut commencer vos révisions le plus tôt possible.

Les paroles du maître parviennent à Alexis dans un bourdonnement monotone. Fort heureusement, la cloche sonne. D'un seul mouvement, quarante têtes se lèvent. Des mains agiles ramassent pêle-mêle livres et cahiers. Telle une bande d'oiseaux recouvrant leur liberté, les élèves s'apprêtent à quitter la classe.

— En silence, s'il vous plaît, tonne une dernière fois maître Richer, tout en se déplaçant vers le fond de la salle.

Il s'arrête face au banc où sont encore assis Alexis et Jérémie. Coincés entre le mur et le professeur, ils ne peuvent quitter leur place.

— Alexis, reste une minute, s'il te plaît. Je voudrais te parler, dit le professeur.

Rapidement, Jérémie s'esquive. Dans la cour, le front soucieux, il s'adosse à un arbre et attend son ami. Dans la salle de classe déserte, Alexis frotte ses mains moites sur son pantalon. Son cœur bat à tout rompre, les idées virevoltent dans sa tête. «Maître Richer a bien été arrêté lui aussi il y a quelque temps, pense Alexis. Dans le village, tout le monde en a parlé. Mais il a été relâché au bout de quelques heures, tandis que mon père... Maître Richer sait peut-être quelque chose, se dit-il tout à coup.»

Le professeur fait les cent pas, s'éclaircit la voix mais ne dit rien. Il n'arrive pas plus qu'Alexis à trouver les mots pour exprimer la crainte et l'angoisse qui l'habitent. Devant cet enfant désemparé, l'homme se tient planté, les bras ballants. Il prend subitement conscience de son extrême faiblesse, de son impuissance. Alors, d'une voix enrouée, il parvient à grand-peine à articuler :

— Qu'est-ce qui ne va pas, Alexis ?

— Je ne sais pas, Monsieur.

— Tu es sûr qu'il ne se passe vraiment rien ?

— Je ne sais pas, Monsieur, reprend Alexis sur le même ton.

D'un geste las, monsieur Richer laisse tomber le bras qu'il venait de poser sur l'épaule d'Alexis.

— Va, mon garçon, dit finalement le professeur.

Ses pas sont lourds lorsqu'il regagne son pupitre. Il en pleurerait de rage ! La détresse de cet enfant lui brise le cœur.

— Que faire ? Comment faire ? se demande-t-il.

Son séjour en prison lui a laissé des douleurs atroces à la colonne vertébrale et un mal de tête en permanence. « Tout cela n'est rien, se dit-il, face au chagrin qui consume si tôt nos jeunes. Que leur réserve demain ? Que leur réserve demain? se dit-il inlassablement, en quittant l'école. Je ne suis pas d'humeur aujourd'hui à affronter les regards arrogants et pleins de haine de ces militaires, leurs mines patibulaires, et surtout cette nouvelle et sinistre mode qu'ils ont adoptée maintenant, de se cacher derrière leurs lunettes noires, même quand il fait nuit!»

Il bifurque vers la gauche pour éviter le chemin qui passe devant la caserne. Il se souvient des coups reçus : «Les démons! Si la haine pouvait les anéantir, à moi seul, je les exterminerais tous!»

Il n'est que quatre heures de l'après-midi. L'air est doux et invite à la promenade. Une brise vagabonde charrie de la vallée le lourd parfum des acacias en fleur. Une seule envie tenaille pourtant le professeur : rentrer chez lui, fermer portes et fenêtres, ne plus jamais devoir mettre le nez dehors, jusqu'à la fin de tout.

En contrebas, dans un petit chemin bordé de caféiers parés de leurs fruits rouges, comme pour une fête, Jérémie et Alexis n'ont pas cette hâte de rentrer.

Accroupis au bord du talus, ils tentent, une fois de plus, de trouver ensemble des réponses aux nombreuses et douloureuses questions qui les assaillent.

Dans le village, on dit de ces deux enfants qu'ils sont l'ombre l'un de l'autre. Ils ont onze ans tous les deux et vivent à la Ruche, un village situé à quelques kilomètres de Port-au-Prince, la capitale de l'île d'Haïti.

Coincé entre la mer et le Morne à Congo, une des plus hautes chaînes de montagne de l'île, la Ruche compte environ un millier d'habitants. Un vallon fertile, que longent deux rivières aux eaux claires et limpides : la Gosseline, tranquille, et la Mousseline, plus tumultueuse. Çà et là, des bosquets d'ajoncs, des marais où poussent de longues tiges de bambou et des nénuphars aux larges feuilles qui servent de radeaux aux grenouilles. Un petit nid qu'Alexis et Jérémie n'ont jamais eu l'occasion de quitter, même pas pour une visite à la capitale.

Avec ses maisons peintes de couleurs vives et recouvertes de tôle ondulée, ses champs de caféiers et ses bananeraies à perte de vue, cet endroit leur a toujours paru le lieu idéal où habiter.

Depuis quelque temps, cependant, tout semble aller de travers à la Ruche et dans les villages environnants. Sous prétexte de prévenir un soulèvement de paysans, la milice a mis le feu à des champs de canne, détruit des récoltes, abattu plusieurs têtes de bétail et matraqué les habitants. Plusieurs d'entre eux ont été arrêtés : parmi eux, Raphaël Jolet, le père d'Alexis, qu'ils accusent d'être le chef d'une rébellion qui se trame.

En réalité, la Ruche, à cause de ses terres fertiles et bien irriguées, de sa position entre les montagnes et la mer, ainsi que toute la région, est convoitée par les grands propriétaires de la capitale.

— Le bruit court que les soldats vont revenir. Ils ont prévu une nouvelle invasion, annonce Alexis.

— Je sais, répond Jérémie. J'ai même entendu papa déclarer que l'armée a l'intention de réquisitionner l'école pour en faire une caserne.

— Mais ce n'est pas possible ! s'exclame Alexis.

— Il faut s'attendre à tout désormais. À la capitale, ils ont même décrété le couvre-feu.

— J'ai oublié ce que cela veut dire, répond Alexis, avec un air de plus en plus effrayé.

— Papa me l'a expliqué ce matin. Le couvre-feu, c'est lorsque l'armée ordonne à tout le monde de rentrer chez soi à une heure bien précise. Depuis une semaine, paraît-il, personne n'a le droit d'être dans les rues après sept heures, le soir.

— C'est affreux, murmure Alexis, d'une voix que l'épouvante rend à peine perceptible : mais pourquoi ? pourquoi font-ils cela ?

— Je ne sais pas, chuchote Jérémie, qui baisse aussi la voix et promène autour de lui un regard inquiet.

— Qu'est-ce qu'il y a ? interroge Alexis.

— Rien... fait Jérémie, qui ajoute au bout d'un instant : j'ai peur, Alex. Maman racontait hier qu'à son retour du bourg, elle a croisé une foule d'hommes armés. C'est une nouvelle milice qui a pour nom les Léopards, totalement dévouée au président. Jusque dans les bourgs et les hameaux les plus reculés on arrête les gens, continue à chuchoter Jérémie.

Près de lui, il sent Alexis frissonner et se raidir.

— S'ils continuent à arrêter ainsi des gens, c'est qu'ils n'ont pas l'intention de relâcher ceux qui ont déjà été appréhendés, remarque Alexis, dont la voix se brise. Ma grand-mère a déjà vendu plusieurs parcelles de terrain. Elle a donné tout l'argent à des militaires qui sont venus la voir en prétendant qu'ils pourraient faire libérer mon père.

— Ce sont des menteurs, n'est-ce pas ?

— Des menteurs et des brigands, laisse échapper Alexis, en serrant les poings. Je dois rentrer, maintenant, poursuit-il en se levant. Maman se fait sûrement du mauvais sang. Depuis que papa a disparu, elle pleure chaque jour. Elle veut quitter le pays.

— Pour aller où ?

— Je ne sais pas. À demain, lance Alexis, d'une voix blanche. Je dois encore aller chercher des graines pour les tourterelles avant de rentrer à la maison.

— À demain, Alex.

2

UN TERRIBLE PRESSENTIMENT

Le lendemain, Alexis ne s'est pas présenté à l'école. Seul sur son banc, Jérémie compte les heures. De la fenêtre de la classe, il surveille le chemin menant à l'école, espérant toute la journée l'arrivée de son ami.

Derrière son bureau, monsieur Richer l'observe du coin de l'œil. Jérémie est habité par un terrible pressentiment... la crainte que les militaires ne soient revenus au village la nuit passée.

«Qu'est-ce qui a bien pu arriver à Alexis pour qu'il soit absent aujourd'hui? se demande-t-il. Si la milice s'était amenée au village au cours de la nuit, nous aurions au moins entendu les aboiements des chiens.»

Il se sent la tête prise comme dans un étau tant la peur le tenaille. Le maître dicte déjà les leçons et les devoirs pour le lendemain. Les yeux au tableau, Jérémie tente vainement de concentrer son attention. Pour en avoir le cœur net, il doit filer au plus vite chez Alexis.

— N'oubliez surtout pas de réviser l'infinitif... tous les verbes du troisième groupe.

Le carillon familier qui annonce la fin des classes arrache à Jérémie un soupir de soulagement. Avec une hâte à peine contenue, il ramasse livres et cahiers sous le regard inquisiteur du professeur.

Monsieur Richer se rapproche de Jérémie, qui tente de se faufiler entre deux élèves.

— Attends un peu, dit le professeur.

Jérémie sent des picotements et une vague de chaleur qui envahissent son visage.

— C'est à ton tour aujourd'hui d'être à des lieues de la classe, Jérémie ?

La voix du professeur veut se faire rassurante. Jérémie y perçoit cependant une vive inquiétude : celle-là même qui taraude tous les habitants du village.

« Il doit sûrement savoir ce qui est arrivé au père d'Alex », pense-t-il.

— Pourquoi es-tu si distrait en classe aujourd'hui ? insiste maître Richer.

— Je ne sais pas, Monsieur.

Jérémie s'étonne lui-même de ces mots dans sa bouche, et du ton de sa voix. Il a l'impression d'entendre parler un automate.

— Tu as passé la journée à te retourner toutes les cinq minutes pour regarder dehors. Qu'est-ce qui se passe ?

— Il ne se passe rien du tout, Monsieur, répond Jérémie avec une petite voix.

— C'est à cause d'Alexis, n'est-ce pas ? fait soudain le maître d'école, dans un souffle.

Jérémie se tait. Il a pourtant tellement envie de se confier au professeur : la disparition du père d'Alexis et des autres, la menace qui pèse sur les paysans de la zone. « Comme ma tête est lourde, tout à coup », se dit-il.

Le maître pose une main sur son bras. Jérémie ouvre la bouche. Il sent quelque chose se nouer dans sa gorge. Monsieur Richer fronce les sourcils et soupire.

« Est-ce que je dois ? » se demande encore Jérémie.

— Rentre vite chez toi mon garçon. Ne t'arrête surtout pas en chemin.

La voix du maître, un peu comme celle de sa mère, et celle des autres parents trahit les mêmes inquiétudes, a les mêmes tremblements : ne t'attarde pas trop en chemin, évite les abords de la caserne, rentre vite à la maison après l'école.

«Tout le monde a peur», se répète Jérémie qui tourne le dos au maître d'école et se dirige vers la sortie. Il part en courant, en pensant à la place qui est restée vide sur le banc à côté de lui, la place d'Alexis... le pupitre abandonné.

Jérémie dévale la butte des Flamboyants où se trouve l'école du village. Il quitte la route principale qui mène droit chez lui et emprunte, à gauche, un raidillon qui conduit à la sortie du village où demeure son ami.

Il arrive essoufflé à la barrière et appelle :

— Alex, Alex, Alexis.

C'est Janine, la mère d'Alexis, qui vient à sa rencontre. Les traits tirés de Janine confirment ses craintes. Il s'est passé quelque chose.

Le cliquetis de la chaîne, que Janine enlève de la barrière pour lui permettre d'entrer, lui fait l'effet d'une cloche annonçant un terrible malheur.

— Bonsoir, Jérémie. Te voilà bien essoufflé. Tu reviens de l'école?

Jérémie a juste le temps de remarquer les tremblements qui agitent les mains de Janine, posées sur le poteau de la barrière, comme si elle tentait de se raccrocher à quelque chose pour ne pas tomber. Brusquement, et sans attendre sa réponse, elle lui tourne le dos, remonte l'allée et retourne à ses corvées au fond de la cour.

Jérémie connaît bien la maison. Il pénètre rapidement dans le petit salon et écarte le rideau de toile écrue qui le sépare de la chambre d'Alexis.

Couché en travers du lit, Alexis a les yeux rivés au plafond; il suit sans grand intérêt le manège d'une minuscule araignée. Suspendue à son fil, la bestiole brune monte et descend en un incessant manège.

— Je savais que tu viendrais, dit Alexis sans bouger.

— Pourquoi as-tu manqué l'école aujourd'hui? interroge Jérémie, une note de reproche dans la voix. Je t'ai attendu toute la journée.

— Maman voulait me forcer à y aller, mais j'ai refusé. Cela ne sert plus à rien.

— Comment cela ?

Alexis se retourne brusquement sur le ventre et éclate en sanglots.

— Oh, Alexis...

D'un air affolé, Jérémie regarde autour de lui, comme s'il cherchait à trouver un indice et, d'une voix étouffée, il reprend :

— Qu'est-ce qui est arrivé, Alex ?... Ne dis pas que...

Dans sa gorge, les mots s'étranglent. Péniblement, il avale sa salive et dit :

— ... Vous allez partir, ta mère et toi ?

Alexis hoche tristement la tête :

— J'ai espéré jusqu'à la dernière minute qu'un miracle se produise. Maman prétend que nous courons de grands dangers.

— Mais tu aurais quand même pu venir en classe.

— Je ne peux plus, Jérémie. Je n'ai plus le courage de faire semblant.

Alexis avait reçu l'ordre de ne souffler mot à quiconque de ce départ. « Même pas à ton ombre », lui avait dit sa mère.

Tout devait être organisé dans le plus grand secret, afin de ne pas éveiller l'attention de la milice.

— Depuis qu'ils ont emmené mon père, j'ai dû apprendre à vivre dans deux mondes à la fois. Le monde du quotidien, avec mes activités habituelles, comme l'école, et le monde du chagrin et de la peur qui m'habitent, mais que je dois à tout prix dissimuler. Je ne peux plus continuer à faire semblant. C'est pour cela, surtout, que je ne suis pas allé à l'école. Tout le monde fait semblant qu'il ne se passe rien. À l'école, beaucoup d'enfants comme moi ont vu les miliciens frapper leur père, plusieurs ont été arrêtés, comme papa. Nous n'en parlons jamais.

— Tu as raison. À la récréation, j'ai vu Louis qui pleurait. Je suis sûr que c'est à cause de son père. On raconte que les miliciens l'ont gravement blessé et qu'il a dû être hospitalisé à la capitale.

— Tu vois... Moi, je ne veux pas pleurer devant tout le monde! Lorsque papa était là, je revenais de l'école le cœur content. Je le voyais de loin, assis sur les marches du vieux perron de bois, à m'attendre. Je me sentais heureux. Depuis qu'ils l'ont arrêté, je ne m'intéresse plus à l'école.

— Je sais comme tu as de la peine, Alex, mais ce voyage... il n'y a rien à faire ? C'est vraiment décidé ?

— Maman ne changera pas d'idée. Notre vie est en danger.

— Il faut trouver une solution, Alex. On peut sûrement faire quelque chose. Il y a des gens qui vont à la capitale pour se cacher.

— À la capitale, les militaires circulent partout. Là aussi, c'est la même peur.

— Tu pourrais peut-être rester chez ta grand-mère ?

— Bien sûr, je voudrais rester avec grand-mère. Mais maman refuse. Elle dit que les miliciens n'hésitent pas à s'en prendre même aux enfants. Le président aurait donné l'ordre d'arrêter les enfants de ceux qui sont considérés comme les chefs de file, les leaders. Selon maman, ils pourraient s'emparer de moi pour forcer mon père à abandonner ses activités à la coopérative. D'ailleurs, elle est si découragée qu'elle répète que n'importe où sera mieux qu'ici ! Mais j'ai peur,

Jérémie, peur de partir sans savoir où nous allons et surtout sans savoir où se trouve mon père. J'ai l'impression de l'abandonner !

— À l'école, aujourd'hui, maître Richer sentait que quelque chose n'allait pas.

— Vraiment ? Tu crois qu'il sait pour papa ?

— Il le sait. Après la classe, il est venu me parler.

— Qu'est-ce qu'il a dit ?

— Il a voulu savoir si c'était à cause de toi que j'étais si tourmenté.

— Alors, il doit savoir ce qui est arrivé.

— Mais il n'a rien dit de plus.

— C'est bien là le problème, Jérémie. Tout le monde sait mais personne ne dit ni ne fait quoi que ce soit.

— J'ai beau réfléchir, je ne vois pas la solution. Les soldats ont des armes, alors que nous, on n'a rien pour se défendre !

— Beaucoup de gens ont fui la semaine dernière. Philémon est parti avec tante Clara. Étiennette aussi.

— Je sais. Mais beaucoup partent et on n'a plus de nouvelles d'eux. Mon père m'en a souvent parlé. Voyager sur ces petits voiliers, c'est aller au-devant du danger.

La voix de Jérémie se fait presque implorante lorsqu'enfin il demande :

— C'est pour quand le départ ?

— Nous partirons samedi, dans la nuit.

— Mais il ne reste plus qu'une journée, Alex !

— Je sais. Je ne pouvais pas te le dire avant, car il ne faut surtout pas en parler. Lorsque les miliciens savent que des bateaux partent, ils arrivent au moment de l'embarquement et arrêtent tous les gens.

Alexis se tait. Le silence est lourd.

— La nuit passée, j'ai fait un horrible cauchemar, dit-il. Je me voyais sur un navire immense. Sur le pont, montaient la garde Ulysse et Rodrigue, ces deux soldats à la mine féroce, que nous voyons toujours postés à l'entrée de la caserne. J'étais bâillonné et enchaîné dans un coin. Le tangage du navire me donnait le vertige. Vers quelle destination se dirigeait-on ? Je n'en savais rien. La mer était agitée et couverte de brume. Au milieu du vacarme des vagues et des cris des captifs, me parvenaient les appels de ma mère, du fond de la cale, et je pleurais.

— Oh, Alex, cela me donne des frissons. Mais je dois m'en aller maintenant, annonce Jérémie. Je reviendrai demain, après l'école.

— À demain, Jérémie.

3

LE DERNIER JOUR

Vendredi, le lendemain, est jour de marché à la Ruche. Tôt le matin, des files de paysans dévalent les pentes des mornes à dos de mulet ou à pied pour aller vendre leurs récoltes. La mère d'Alexis ne manquerait pour rien au monde cette activité. Elle tient, sur la place du marché, un stand bien approvisionné où l'on trouve du miel, des œufs, du sucre brut, de la limonade et de la confiture que les femmes produisent à la coopérative. Au réveil, ce matin-là, Alexis la trouve pourtant assise sur le pas de la porte.

— Bonjour maman.

Elle lui répond comme si elle sortait d'un rêve :

— Bonjour Alex.

— Tu ne vas pas au marché ?

Elle se lève avec peine, comme si elle avait mal dans tout le corps. Elle lui prend les mains.

— Non, Alex. J'ai remis les derniers lots de marchandises à Ma Lena, tout ce qui n'a pas été écoulé la semaine dernière. Elle se chargera de les vendre au cas où il y aurait une urgence, qui sait? Si ton père revient, il aura sans aucun doute besoin de soins, de médicaments.

— Tu crois qu'il sera malade?

— Il y a de fortes chances qu'il le soit.

— Parce qu'ils l'auront battu?

Janine baisse la tête et retourne s'asseoir sur le pas de la porte. Alexis, les bras ballants, regarde sa mère. Il voudrait s'étendre sur le sol, et crier pour qu'on l'entende de tous les villages voisins et jusqu'à la capitale : «Rendez-moi mon père, bande de criminels!»

Mais il se traîne à nouveau jusqu'à son lit en jetant des regards désespérés sur tous les objets qui l'entourent. Il y a pourtant aux fenêtres les mêmes rideaux délavés; sur le lit, le même couvre-pieds et sur le mur de crépi, les mêmes images saintes des calendriers jaunis. Mais cette chambre n'est plus la sienne : il éprouve l'impression pénible et inexplicable d'être soudain rejeté de ce lieu où il a toujours pu circuler les yeux fermés ; un univers familier qui ne peut plus désormais le protéger et qui se transforme peu à peu à ses yeux en un labyrinthe menaçant.

Dans la pièce attenante, sa mère tourne en rond telle une âme en peine, ne sachant par quoi commencer la journée.

Alexis hume l'odeur du café qu'elle prépare et croit entendre les « hum » exprimant la gourmandise et la satisfaction de son père, lorsqu'il dégustait le premier café, debout, les pieds nus dans l'herbe humide du petit matin en scrutant le ciel pour se faire une idée du temps qu'il allait faire.

Soudain, il repousse vivement les draps. « Au lieu de passer cette journée au lit, je vais la passer avec Jérémie », se dit-il. Il se lève rapidement et file en vitesse dans la cour nourrir les tourterelles sans s'attarder à leur parler, comme il a l'habitude de le faire. Il distribue rapidement le grain dans les mangeoires et revient vers la maison.

Le temps de le dire, il est habillé, puis il avale rapidement son petit-déjeuner et quitte la maison. Son regard fait le tour du jardin puis s'arrête quelques instants, entre l'arbre à pain et le gros pied de mangues muscates. Ces deux arbres, parmi les plus vieux de la cour, représentent pour lui beaucoup plus que de simples objets : ce sont de vieux amis. Les branches du manguier rejoignent à mi-chemin celles de l'arbre à pain, s'entrecroisent et forment une espèce de plate-forme tellement solide qu'on dirait que des mains d'homme les ont ainsi nouées.

Alexis ne compte plus les heures passées, juché sur ces branches, à se bercer et à rêver. Il lui arrive de se cacher pendant de très longues heures dans leur feuillage dense, haut perché comme un oiseau, sans se faire de soucis, même en cas de pluie. Il appelle ce refuge son galetas. Seul Jérémie sait où le débusquer lorsqu'il s'y trouve.

Il se faufile par un espace dans la clôture et se dirige vers la maison de Jérémie. En cheminant, il songe au nombre de fois où il s'est ennuyé à en mourir dans ce village, tenaillé par une envie irrésistible de partir, de voir le monde, mais en réalité sans trop savoir quoi.

Comme cet enfant qui brûlait d'apercevoir l'autre côté du ciel, Alexis a rêvé tant de fois de suivre le chemin qui borde la rivière, de marcher droit devant et laisser loin derrière lui la mer ondoyante des champs de canne et de bananiers, d'escalader les plus hautes crêtes des montagnes pour découvrir si, tel que le prétend sa grand-mère, il existe vraiment d'autres mornes derrière les mornes.

Son cœur saigne aujourd'hui, à l'idée que cet univers lui échappe. Il va devoir tout quitter, alors qu'il a toujours cru appartenir à ce lieu, en faire partie, au même titre que les arbres, les pierres du chemin, les montagnes et la rivière qui jamais n'auront à changer de place.

Il lui vient tout à coup à l'idée qu'au cours du voyage, le bateau contournera sans doute les grosses montagnes qui ceinturent l'île. Il découvrira alors ce qui se cache derrière et, surtout, là où finit la mer.

La perspective de ces découvertes, si excitantes qu'elles puissent paraître, ne le réconforte nullement. Il arrive chez

Jérémie au moment où ce dernier s'apprête à partir pour l'école. Il lui chuchote quelque chose à l'oreille en l'entraînant à travers les fourrés.

Abandonnant la grand-route, où ils risquent de rencontrer un voisin qui les surprendrait à faire l'école buissonnière, les deux amis s'engagent dans un boisé.

En chemin, Alexis arrache deux petits brins d'herbe qui ressemblent à de minuscules balais ; une herbe à laquelle les enfants prêtent des vertus magiques, et qu'ils appellent « *zèb demande* » (herbe demande). Elle peut indiquer, croient-ils, les choses que personne ne sait : si l'on risque de se faire punir pour telle ou telle bêtise, si l'on réussira à tel examen bien qu'on n'ait pas vraiment étudié.

Après s'être assurés qu'il n'y a personne dans les alentours, les deux amis escaladent le manguier et l'arbre à pain et s'installent dans les branches, en haut dans le galetas.

Une profonde tristesse et une grande anxiété les habitent et leur font tout oublier. Jusqu'à ces choses importantes qu'ils ont encore à se dire, et qu'ils sentent aller et venir au-dedans d'eux, en un tourbillon de paroles.

Le roucoulement plaintif des tourterelles fait enfin sortir Alexis de sa torpeur. « Elles doivent se douter que je vais les abandonner, pense-t-il. Comment vais-je pouvoir vivre sans elles, sans leurs voix, sans ce petit rire étrange et moqueur qu'elles ont, parfois ?... »

— Jérémie, je voudrais te parler des tourterelles et de Précieuse, finit par dire Alexis.

— Tu ne peux pas les emmener avec toi ? interroge anxieusement Jérémie.

— Non.

— Mais pourquoi ? Elles ne sont pas encombrantes. Ce ne sont que des petites boules de plumes qui ne pèsent rien du tout. Je peux te donner un panier.

— Maman dit que non. Elle dit que je les retrouverai au retour.

— À bien y penser, c'est peut-être mieux. Qui sait, si tu les perdais pendant le voyage ? Si tu veux me les laisser, j'en prendrai bien soin, tu verras, comme si elles étaient à moi, je te le promets. Quant à Précieuse, il n'y aura pas du tout de problème. Nous sommes déjà de bons amis, elle et moi.

Précieuse est une magnifique petite chienne. Son poil a la couleur d'un rayon de miel au soleil et ses yeux noirs attendrissants sont pailletés d'or. C'était un cadeau de Ma Lena, pour les dix ans d'Alexis. Il lui a appris à tourner en rond sur ses pattes de derrière et à hocher la tête.

— Je te laisserai aussi mes jouets, ajoute Alexis après un instant.

Jérémie, qui se rend compte que c'est peut-être la dernière fois qu'il voit son meilleur ami, s'inquiète :

— Est-ce que tu sais quand tu reviendras ?

— Non, je n'en sais rien.

— Mon père, reprend Jérémie, affirme que personne ne le fera bouger de la Ruche. Il va et vient du matin au soir en serrant les poings, et répète qu'on devra lui passer sur le corps pour l'arracher de sa maison. Il veut dire par là qu'il se laisserait tuer, plutôt que de s'en aller. C'est justement ce qu'ils veulent, déclare-t-il, nous faire tous partir, et après, ils n'auront plus qu'à s'amener avec leurs grosses pelles mécaniques pour prendre nos terres et construire leurs châteaux.

— Maman prétend que ces problèmes finiront bien un jour. Elle a promis que lorsque la situation changera, nous reviendrons. J'ai une si grande envie qu'elle dise vrai.

— Mes deux cousins, Joe et Pierre-Émile, tu te rappelles, ils sont partis, il y a déjà longtemps. Je crois que j'étais haut comme ça, fait Jérémie avec un geste de la main. On m'avait assuré qu'ils reviendraient. Je ne les ai jamais revus.

— C'est donc vrai ? murmure Alexis.

— Qu'est-ce qui est vrai ?

— Ma grand-mère, Ma Lena, ainsi que ma mère, affirment que nous ne partons que pour quelque temps. Mais Ninon, ma marraine, leur disait hier soir que l'eau qui descend le courant ne remonte jamais à la source.

— C'est elle qui a raison, opine Jérémie. De toute façon, moi, je sais qu'on ne revient jamais des pays étrangers. Mon père jure qu'il ne connaît personne, de tous ceux qui sont partis, qui soit revenu. Même ceux qui s'en vont à la grande ville pour trouver du travail dans les usines ne reviennent jamais tout à fait, m'a expliqué papa. Du moins, lorsque les gens reviennent, ils sont tellement différents qu'on pourrait penser qu'ils ont perdu une partie d'eux-mêmes. Il paraît qu'ils ne sont plus pareils.

— Comment cela ?

— Il semble que lorsqu'on vit de trop longues années loin de chez soi, à la longue, on perd une moitié... ou plutôt, il y a une moitié de nous qui se transforme.

— Qui se transforme en quoi ?

— Eh bien, je n'en sais rien ! C'est papa qui le dit. Il dit que cette autre partie, cette nouvelle moitié, on ne sait pas toujours ce que c'est.

— Ce serait comme dans les contes, où l'on devient moitié animal, moitié personne, ironise amèrement Alexis. Tu crois que c'est le moment de plaisanter !

— Tu as mal compris, Alex, s'excuse Jérémie. Papa donne comme exemple mon oncle Emmanuel, son frère, qui est parti. Il est revenu une fois seulement pour nous rendre visite, en plein mois de juillet, avec sur la tête un immense chapeau de laine, des bottes de cow-boy qui lui montaient jusqu'aux genoux et dans lesquelles il avait rangé le bas de son pantalon, comme lorsque l'on fait du cheval. Je me souviens qu'il portait des tas de bijoux, des bagues énormes, et des chaînes avec des médailles, beaucoup plus larges qu'une pièce de cinquante centimes. Il était si différent de celui que j'avais connu avant son départ...

— C'est pas bien de raconter n'importe quoi, Jérémie. Ton nez va s'allonger comme dans cette histoire, ce petit garçon...

— Je te le jure, Alex, c'est la vérité.

Jérémie s'agite sur la branche.

— Ne crie pas si fort, on pourrait nous entendre. Et puis, si tu continues à gigoter ainsi, tu vas finir par dégringoler de l'arbre.

— Je n'avais jamais rien vu de plus étrange, crois-moi, Alex, reprend avec encore plus de vivacité Jérémie. En ce temps-là, mon grand-père était encore vivant. Lorsqu'il a vu oncle Emmanuel descendre du tap-tap* dans lequel on était allé le chercher à l'aéroport, qu'il a vu son gros chapeau, ses bijoux qui

* Camionnette servant au transport public.

étincelaient, mon grand-père a été tellement étonné qu'il est resté la bouche
ouverte, la pipe dans les mains. Après un
long moment, il a craché par terre en
disant que son fils était parti mais qu'un
macaque lui était revenu. Tu arrives trop
tard, avait dit grand-père : le carnaval est
déjà terminé !

— Peut-être qu'il était devenu un peu
fou pour s'habiller ainsi ?

— Ah, vraiment, je ne sais pas.
Pendant son séjour, il faisait des tas de
manières : il ne voulait pas dormir sur
une natte, il ne pouvait plus marcher
pieds nus dans le jardin. De plus, il pré-
tendait avoir chaud tout le temps ; il
réclamait un ventilateur et des boissons
glacées, alors qu'il savait bien qu'il n'y a
jamais eu d'électricité à la Ruche. En
plus, il avait apporté un tas de gadgets
électriques...

— Mais pour quoi faire ?

— D'après maman, c'était pour nous
impressionner. Le plus drôle, c'était sa
façon de parler. Lorsqu'il ouvrait la
bouche, tout le monde se regardait en
faisant de gros efforts pour ne pas éclater
de rire.

— Comment est-ce qu'il parlait ?

— Il parlait une langue étrange. Ce n'était plus le créole, mais un charabia que personne ne comprenait. Aujourd'hui encore, maman rit aux larmes en pensant à ce moment où il s'était mis à demander : *watère, watère*. Nous lui avions montré la cabane au fond de la cour, je veux dire, les latrines. Il continuait pourtant à réclamer glass o watère. On lui avait alors apporté un miroir, tout en s'étonnant qu'il ait besoin d'un tel objet pour se rendre au petit coin. À la fin, il s'était fâché, était allé à la cuisine pour se remplir un verre d'eau. Il paraît que dans ce pays où il vivait, c'est ainsi qu'on demande de l'eau. C'est la seule et dernière fois qu'oncle Emmanuel nous a rendu visite.

— Tu sais ce qui me préoccupe, déclare soudain Alexis.

— Je ne peux pas le savoir si tu ne me le dis pas !

— C'est difficile à expliquer, mais je suis curieux de savoir comment sont construites les maisons, dans les pays étrangers. Tante Irène dit qu'il existe des villes où les habitations seraient construites comme de grosses caisses de ciment empilées les unes par-dessus les autres.

— Elle a peut-être raison. Il y a long-temps, j'en avais vu sur une photo que maman avait reçue de l'étranger.

— Comment étaient-elles ?

— Eh bien, elles étaient si hautes qu'on aurait dit qu'elles touchaient le ciel. C'était joli, comme une haute tour, percée de petits trous de lumière. C'étaient les fenêtres des maisons, d'après maman.

— Alors, c'est bien vrai, on empile les maisons les unes par-dessus les autres ? Étrange, tu ne penses pas ?

— Ça, tu peux le dire. Selon maman, il y aurait dans certaines villes tellement de maisons empilées qu'on dirait des colonnes si hautes qu'elles cachent le ciel. Mais moi, j'ai plutôt eu l'impression qu'il s'agissait d'un dessin fait par quel-qu'un, parce que je ne sais pas comment on peut vivre dans de telles maisons. Pense un peu au temps perdu à grimper ces escaliers ! Et puis, les gens n'ont pas de jardins. Où mettraient-ils les vaches, les poules et les cochons ? Tu imagines, les vaches et leur énorme derrière montant des escaliers en haut de ces immenses tours?...

— Elles garniraient à coup sûr de superbes mottes chacune des marches!

— On dit que dans ces pays il fait parfois aussi froid que dans une glacière et, quand vient l'hiver, l'air glacé vous sort par la bouche et les narines.

— C'est vrai. L'an dernier, nous avons lu un texte sur les changements de saisons, tu te rappelles?

— Oui. Il semble que le froid peut être si vif que la glace tombe du ciel en gros morceaux... Et pour ne pas mourir de froid à l'intérieur des maisons, on doit construire d'énormes réchauds, d'immenses fourneaux semblables à celui qu'emploie Arsène, le boulanger.

— En tout cas, même si c'est triste de partir, j'aimerais bien moi aussi aller voir comment on vit dans ces endroits, déclare Jérémie dans un soupir.

Le silence entoure maintenant le refuge où les deux garçons se terrent. Après s'être bien amusés des pitreries de l'oncle Emmanuel, le spectre de la séparation imminente se dresse à nouveau entre eux.

Le soleil pénètre à travers le feuillage. Ainsi que des fléchettes, les rayons viennent se loger sur leurs visages. Ils mangent lentement, sans y goûter vraiment, une galette de manioc que Jérémie a tirée de son sac. Au loin, des chèvres bêlent. Ce cri leur semble un appel de détresse.

— Betty a mis bas il y a une semaine, dit Alexis. Tu aurais dû voir les belles petites chèvres. Pour payer le voyage, rassembler la somme qu'il a fallu verser au passeur, maman les a vendues, tous les animaux ont été vendus au-dessous de leur prix. Il ne reste que deux chèvres un peu âgées qu'elle laisse à ma grand-mère. Si tu savais, Jérémie, combien je me sens terrifié par ce voyage. Depuis le soir où maman m'en a parlé, je ne dors presque plus.

Le front soucieux, Jérémie regarde son ami et se demande comment le consoler. Il a les yeux remplis de larmes.

Alexis se souvient tout à coup des deux brins d'herbe qu'il a glissés dans la poche de sa chemise. Il les sort.

— Maman assure que cette herbe n'a aucun pouvoir, déclare Jérémie.

— Qu'est-ce qu'elle en sait ? Moi, j'y crois, réplique Alexis. Il saisit l'un des brins par un bout et tend le bout opposé à Jérémie.

— Nous allons lui demander si je reviendrai.

Fermant les yeux, les deux enfants se recueillent pour formuler leur demande, puis, avec application, ils se mettent à tirer des deux côtés sur la brindille. Elle s'ouvre par le milieu, formant deux branches jumelles, avec au centre un carré parfait.

— Tu vois, chuchote Alexis, dont les yeux redeviennent brillants. Au centre, cela forme un O. Cela veut dire oui : je reviendrai, je reviendrai, Jérémie. C'est ce que signifie le O.

— Je veux bien, rétorque Jérémie avec une note d'impatience, mais dans combien de temps reviendras-tu ?

— Demandons-le à l'autre, fait Alexis.

Avec la deuxième brindille, ils recommencent le même exercice et tirent sur la tige, de haut en bas et des deux côtés.

Le carré se dessine, absolument parfait au début, puis tout à coup, il se brise.

Ils demeurent stupéfaits, avec, dans leurs mains, une partie de la plante.

— C'est bien la première fois que cela m'arrive, dit Alexis la voix tremblante. Tu crois que c'est un mauvais signe ?

4

L'OCÉAN

La mer représentait, pour Alexis et Jérémie, l'un des plus grands mystères de l'univers. Elle les attirait irrésistiblement. Mais ils étaient tenaillés par de fortes craintes lorsqu'il leur arrivait d'accompagner leur père, en canot jusqu'à la Pointe de l'Émeraude, à la pêche aux anguilles et aux poissons lune. Que de choses incroyables avaient-ils entendu conter à propos de l'océan! Les pêcheurs le décrivent comme le royaume de créatures impitoyables et horribles. Certaines d'entre elles étaient des monstres, moitié cheval à crinière d'argent moitié poisson, caracolant inlassablement sur les vagues en crachant le feu par leurs naseaux.

Tout cela n'est rien cependant comparé à ce dont les deux garçons ne voulaient point parler en cet instant et qui les oppressait : les sirènes.

Jonas, un vieux pêcheur d'Anse à Galets qui n'allait plus en mer et passait, depuis quelque temps, ses journées au bazar de tante Irène, affirmait tout savoir sur ces créatures étranges qu'abritent les tourbillons gris et froids. La nuit, racontait-il, elles émergent des flots et glissent sur les vagues en égrenant leurs rires qui tintent comme des grelots. Au petit jour, les marins, grisés et épuisés par leurs mélodies envoûtantes et leurs éclats de rire, se laissent prendre. Elles déploient alors leur immense chevelure et s'en servent tels des filets pour les emporter.

Il affirmait avoir entendu, au lieu dit Pointe de l'Émeraude, les plaintes et les gémissements des hommes, prisonniers des sirènes au fond de l'océan. Plusieurs pêcheurs, parmi lesquels son frère Gustave, auraient disparu à la Pointe. Même les grands bateaux ne résistaient point à l'assaut de ces créatures. Jonas racontait qu'un navire immense, si puissant qu'il faisait trembler les vagues et fuir les baleines, le *Prince des Mers*, gros comme dix maisons de la ville avait disparu, à cause des sirènes. Le *Prince des Mers* pesait des milliers de tonnes. Selon Jonas, il aurait été happé par les abîmes marins, sans que l'on puisse jamais retrouver même une parcelle de sa coque.

Il y avait en effet de nombreux naufrages aux environs de la Pointe de l'Émeraude, à cause des courants forts et imprévisibles qui la traversait. Selon les gens de la région, à cet endroit les fonds marins d'un bleu profond ont la couleur troublante, de nuit comme de jour, des prunelles des sirènes lorsqu'elles chantent. Les marins en devenaient si confus qu'ils finissaient par se jeter eux-mêmes par-dessus bord.

Un peu plus loin, passé la Pointe de l'Émeraude, s'agitent les eaux furibondes du Cap au Borgne, dont la gueule avide semble vouloir engloutir même le ciel. Là, le courant se transforme en entonnoir, et les navires qui y passent sont carrément envoyés par le fond.

— À quoi penses-tu, Jérémie? demande soudain Alexis.

— À rien de précis, répond Jérémie, en réprimant un léger frisson.

— Moi je pense à Jonas, tu sais, le vieux pêcheur d'Anse à Galets. Tu le connais ?

— Oui, je le connais, répond Jérémie.

— Un soir, j'ai voulu discuter avec papa de toutes ces choses que raconte Jonas. Papa s'est emporté et a déclaré que Jonas était fou et qu'il ne fallait pas accorder la moindre importance à ses histoires.

— Et si tu parlais à ta mère de tout ce que raconte Jonas, peut-être bien qu'elle changerait d'idée pour ce voyage ?

— J'ai essayé, elle est devenue furieuse ! Elle a prétendu que Jonas avait la cervelle en bouillie, qu'il buvait trop de cet alcool de canne frelaté qui porte même les gens les plus sains d'esprit à délirer.

— Et ta grand-mère, elle doit connaître Jonas, n'est-ce pas ? Tu penses qu'elle dirait la même chose ?

— Tout ce que je sais, c'est que Ma Lena, qui prétend n'avoir peur de rien, craint aussi l'océan. De toute sa vie, elle n'est jamais montée dans une barque.

— Dans ce cas, elle réussirait peut-être à convaincre ta mère de renoncer à ce voyage.

— Rien ne lui fera changer d'idée.

— Combien de jours dure la traversée?

— Personne ne le sait avec précision. Cela dépend du vent, des courants, du capitaine, s'il connaît bien la route. Quand je pense que maman ignore jusqu'au nom du lieu où le bateau nous conduira.

— Vraiment?

— Qu'est-ce que tu crois? Que nous partons comme ceux de la ville qui achètent un billet avec le nom du pays où ils désirent se rendre?

— Tu crois que le capitaine saura la route à suivre?

— Je n'ai pas osé poser cette question à maman. Elle est à bout de nerfs. Moi, ce qui m'inquiète, c'est de savoir s'il saura vraiment piloter ce bateau sans le faire chavirer. On dit que certains capitaines jettent à la mer leurs passagers, après avoir empoché les sommes qu'ils réclament pour le voyage. D'autres encore les forcent à débarquer sur des îles désertes, au milieu de l'océan, et les abandonnent. C'est horrible.

— Pour l'instant, il ne faut pas penser à ce genre de choses, conseille Jérémie.

— Mais je ne pense qu'à ça, répond Alexis, complètement terrorisé à l'idée de ce voyage en mer.

Tout autour de lui, Alexis ne sentait que menaces. Le moindre frémissement, le moindre bruit faisaient bondir son cœur. Il avait l'impression que sitôt mis le pied sur le voilier, il se transformerait en une petite feuille qui s'en irait au gré des flots et se perdrait au milieu de cette immensité bleue sans commencement ni fin.

Plus l'heure du départ avançait, plus la peur semblait l'envahir, plus il pensait à son père. Il ne pouvait croire, ainsi que le prétendaient sa mère et Ma Lena, qu'il était impossible de porter plainte, qu'il fallait simplement se mettre à l'abri et attendre.

Il fondit en larmes. Alors Jérémie lui mit simplement un bras autour du cou. Et le temps s'écoula ainsi, entre les conversations sur l'école, les amis qu'Alexis ne reverrait plus, les messages dont Jérémie était chargé pour chacun d'eux.

Pour terminer, ils se jurèrent de ne jamais s'oublier, quel que soit l'endroit au monde où ils se trouveraient.

C'était déjà l'heure où Alexis devait conduire les chèvres chez sa grand-mère et nourrir une dernière fois les tourterelles. Ils s'en allèrent donc, chacun de leur côté, en se donnant rendez-vous pour plus tard, lorsqu'Alexis viendrait porter Précieuse.

Alexis a toujours adoré le crépuscule. Mais ce soir-là, le crépuscule, malgré la richesse de ses pastels à l'horizon, lui remplit le cœur d'une mélancolie insupportable. Le soleil se glisse subrepticement derrière les montagnes lorsque les deux amis se revoient pour la dernière fois, et Alexis ne peut s'empêcher de penser que c'est sans doute aussi la dernière fois qu'il regarde un coucher de soleil sur les montagnes de son enfance.

Dans une petite boîte, il a rangé ses jouets préférés qu'il confie à Jérémie : un soldat de plomb qui n'a plus qu'une jambe, un camion de bois peint de couleurs vives, un cerf-volant, une toupie qu'il avait fabriquée avec l'aide de son père et un sac de ses plus belles billes. Il lui fait cadeau d'un bracelet de cuir sur lequel est gravé son nom et, en échange, Jérémie lui donne sa flûte de bambou.

Lorsque Jérémie tend les bras pour recevoir Précieuse, Alexis sent dans sa poitrine un grand choc, comme si quelqu'un lui assenait un violent coup de poing.

Avec étonnement, le regard de la chienne va d'Alexis qui s'éloigne vivement, à Jérémie, qui la tient dans ses bras et regarde partir son ami.

5

MA LENA

C'est la dernière nuit qu'Alexis passe à la Ruche. Ma Lena est venue avec tante Irène et Graziella, la cousine d'Alexis, faire leurs adieux. Tout le monde parle à voix basse. Alexis pense à son père qui croupit sans doute derrière des barreaux, dans un cachot infect. Ma Lena tente à sa manière de lui faire comprendre que, quoi qu'il arrive, ils finiront par triompher de tous les obstacles, quitte à se transformer en montagnes eux-mêmes. Comme dit le proverbe : *Dèyè mòn gen anpil lot mòn*, derrière les mornes se trouvent d'autres mornes.

— Il faut être fort pour triompher, Ma Lena. Où est-elle notre force ? Tu parles comme si le monde n'était qu'une longue chaîne de montagnes qui jamais ne s'interrompt. Et que peuvent bien faire les mornes pour nous en ce moment ? On ne peut même plus s'y cacher, il y a des patrouilles partout !

Ma Lena a une façon étrange de répondre aux questions qu'on lui pose. Sa pensée évolue comme des serpentins multicolores qui s'envolent dans toutes les directions. Alexis a l'habitude des paroles énigmatiques de sa grand-mère, il la sait habile au maniement des mots, pareils à des images qu'elle seule sait agencer. Imperturbable, elle lui répond :

— Oui, mon petit. Le monde est une longue chaîne que les hommes s'entêtent à briser par tous les moyens. Dans leur folie, ils ne parviennent pas à comprendre qu'il n'y a qu'un ciel, un seul ciel, comme un grand toit, pour couvrir la tête de tous les êtres humains sur cette terre.

— Mais, Ma Lena, lorsqu'on part, qu'on quitte son pays et ceux qu'on aime, sans vouloir les quitter ; on s'en va loin, sans même savoir où le chemin nous conduira, c'est comme si on devenait une épave, un radeau à la dérive, un morceau de bois flottant.

Ma Lena lève la main pour l'interrompre. Mais Alexis ne veut pas l'écouter, il continue sur sa lancée. Interdite, Ma Lena garde son doigt levé un court moment, mais elle est bien obligée de le laisser parler.

— Quand on quitte son pays, poursuit Alexis, dans un débit saccadé, on peut rencontrer d'autres mornes, mais ce ne sont plus les nôtres, on ne sait pas les reconnaître. Alors on peut tourner, tourner à l'infini jusqu'à oublier qui on est et d'où l'on vient. C'est ce que dit mon père et le père de Jérémie pense aussi la même chose. Ceux qui partent ne reviennent jamais et, au bout d'un certain temps, ils ne savent plus qui ils sont vraiment.

Ma Lena se lamente :

— Dieu de miséricorde, d'où sort-il ces idées affreuses ?

Elle fait semblant de se fâcher. Mais on sent parfaitement qu'elle tente d'utiliser la colère comme une arme pour combattre son désarroi.

Ma Lena renifle un bon coup. Elle vient d'aspirer une petite prise de tabac. Alexis sait que lorsque quelque chose contrarie sa grand-mère, lorsqu'elle ne peut clamer haut et fort qu'elle seule dit vrai parce qu'elle est à court d'arguments, qu'elle ne sait plus quoi inventer pour avoir raison, elle remplit ses narines de tabac à priser. Le tabac a le pouvoir de chasser, pour quelques instants, les larmes de Ma Lena.

Elle passe une main sur la joue d'Alexis.

— Tu verras, mon enfant, lui dit-elle, tu verras, tout ira bien. Quand arrivent les tempêtes, les cyclones et les grands vents, les oiseaux s'en vont. Mais quand revient le soleil, ils reviennent avec lui. Sois sans crainte, tu reviendras toi aussi. Les jours passeront, puis les mois, et peut-être même les années. Lorsque tu reviendras, tu seras toujours mon petit Alex, mon petit colibri. Pour nous, les jours ne passeront jamais et je t'aimerai mille fois plus lorsque tu seras loin de moi.

— Il faut forcer maman à me laisser avec toi, grand-mère, s'entête Alexis. Je ne veux pas partir !

— Ah, mon petit Alex, si tu savais comme je souhaiterais te garder. Mais comment pourrais-je te défendre, moi, toute vieille déjà, contre ces militaires à qui le bon Dieu a seulement oublié de mettre des crocs, des cornes et des griffes! Ils te feront du mal, simplement parce qu'ils en veulent à ton père. Ta mère a pris la meilleure décision, je crois. Il vous faut partir.

Tout à coup, elle se met à chantonner.

Alexis ferme les yeux pour ne pas laisser voir les larmes qui glissent entre ses cils. Et comme un long ruban, son enfance à la Ruche défile sous ses paupières. Une enfance qui semble commencer avec le visage de Ma Lena penché vers lui, Ma Lena qui sourit toujours, même s'il lui manque des dents.

Dans les bras de sa grand-mère, ce soir-là, Alexis retourne à ce temps béni de la première enfance. Les souvenirs se pressent, en file indienne à la barrière, se bousculent à qui mieux mieux pour prendre part à cette soirée d'adieux.

Il perçoit même les odeurs qui enjambent la haie de frangipaniers. Ici la canne brûlée, âcre et sucrée; puis celle légèrement acide de la bouse de vache, qu'il a toujours cru détester; là, l'odeur de sel et de grand large, qui émane des crabes et du poisson frais que les commères apportent dans leurs grands paniers de roseau, tôt le matin sur la place du marché.

Mais dans le soir qui tombe, comme pour dissiper les souvenirs, les jasmins exhalent leurs effluves odorants qui pénètrent en chaudes bouffées par la fenêtre de la chambre.

Janine se met à sangloter lorsque tante Irène lui remet un petit sac contenant l'argent de deux lopins de terre, qu'elle a vendus pour lui venir en aide. On boit le thé de verveine et de basilic. « C'est bon pour la tristesse », marmotte sans fin Ma Lena. La cousine Graziella remplit les tasses.

— Bois, mon enfant, dit tante Irène à Janine.

Toujours serré contre sa grand-mère, Alexis entend vaguement les paroles d'une chanson qu'elle chantonne :

Pitit mwen, move van voye w ale.
Pa bliye mwen se chandèl,
si m pa ka di w la verite
mwen ka montre w chimen.

Mon enfant, un vent mauvais te chasse.
N'oublie pas, je suis la chandelle,

si je ne peux pas te dire la vérité,
je peux te montrer le chemin.

Ce soir-là, au moment du départ, Ma Lena fait promettre à Alexis de lui écrire à la première occasion ou, mieux encore, de lui envoyer une cassette qui lui permettra d'entendre sa voix.

— Oui, oui, Ma Lena, je t'écrirai dès notre arrivée.

— Si tu m'oublies et que tu me fais mourir de chagrin, tu peux être sûr, mon petit sacripant, que je ne te laisserai pas vivre en paix ! La nuit, je viendrai glisser mes os froids contre ton dos et te tirer les orteils !

Elle veut faire rire tout le monde, mais en dépit de ses efforts, elle pleure encore plus fort. Elle essuie son visage ridé puis lui dit :

— Ce n'est pas de ma faute, mon petit. Tant de lunes et de peines ont rompu ma vieille carcasse ! Je sens que ni mon corps ni mon cœur ne peuvent contenir mon chagrin. J'ai beau te dire d'avoir confiance, que tout ira bien, cela ne m'empêche pas d'avoir une immense peine et d'avoir peur. Que vais-je devenir sans personne désormais pour m'appeler Ma Lena? Comment vais-je vivre sans toi?

Les sanglots de Ma Lena redoublent de violence, quand, en pensant la consoler, Janine lui dit :

— Dieu vous aime, Ma Lena, il vous renverra un jour Alexis.

Alors Ma Lena laisse exploser toute sa détresse :

— Est-ce que je sais, moi, ce qui se passe dans la calebasse du bon Dieu? Je pense bien souvent qu'il ne sait rien de notre existence. Et il m'arrive, je vous le jure, de lui en vouloir. Je me demande même, parfois, s'il ne se moque pas de nos tourments. Il semble avoir bien d'autres chats à fouetter !

Tout à coup, Ma Lena se met à fouiller dans sa vieille sacoche. Elle en extirpe un objet insolite qu'elle tend à Alexis : un coquillage, une vraie merveille que tout le monde se presse d'admirer. Alexis n'en a jamais vu de semblable sur les plages de la Ruche. Il est fasciné, et de le voir si content, Ma Lena peut enfin sourire. C'est un coquillage de couleur turquoise, avec des reflets marine.

Sur un fond rosé, des stries jaune et or illuminent l'intérieur.

— Je te le donne. Il est à toi désormais.

— Oh, Ma Lena, où l'as-tu trouvé? demande Alexis, les yeux brillants.

— Ce coquillage est magique, je crois, répond Ma Lena. Il est sans doute aussi vieux que le monde et nos peines réunis, il vient de très loin, confie-t-elle, avec un air mystérieux. Il a déjà traversé l'océan d'un bout à l'autre. Il est venu des pays de Guinée*. Son voyage a duré plusieurs mois et l'a mené des côtes d'Afrique jusqu'aux Antilles, dans les poches d'une petite fille qui était l'arrière-grand-mère de mon arrière-arrière-grand-mère!

— Et c'est la première fois que tu me le montres, grand-mère!

— Mais c'est un objet précieux. Tiens, il faut le mettre là-dedans, indique Ma Lena, qui tend à Alexis un petit sac de coton. Dans la famille, on l'a toujours gardé avec la plus grande vénération.

---

* La Guinée, dans l'imaginaire haïtien, représente le pays des ancêtres, l'Afrique. Analogie sans doute avec le golfe de Guinée d'où partaient les navires négriers.

Ne t'en sépare jamais, Alex. Il peut servir à deux choses : regarde...

Ma Lena pose le coquillage sur sa bouche et fait mine de souffler.

— Il n'est pas gros comme ceux que l'on trouve ici, mais le son qu'il émet porte très loin. On dit que les bandes d'esclaves marrons* réfugiés dans les mornes utilisaient ce genre de conques pour communiquer les nouvelles.

— Mais alors, c'est comme le tambour !

— Exactement. Lorsqu'ils ont été arrachés d'Afrique, nos ancêtres ne pouvaient pas emmener leurs tambours. Quelques-uns, les plus chanceux, parvenaient à ramasser des coquillages, des poignées de terre ou de sable, des feuilles, de petits objets. Ils cachaient ces trésors au fond de leurs vareuses, quand ils le pouvaient, et croyaient ainsi emporter avec eux une parcelle de l'âme de leur patrie.

— Ils s'en servaient, tu dis, comme d'un tambour ?

— C'est ça. Ils utilisaient certains codes comme la durée du son, le nombre de fois que l'on soufflait, etc. Mais ces

---

* Esclaves marrons ou marrons : esclaves en fuite.

coquillages servent aussi à capter les bruits de la mer. Lorsque tu seras seul et que tu penseras à la Ruche, lorsque je te manquerai, pose-le contre ton oreille. Tu entendras alors le bruit des vagues qui vont et viennent sur nos plages et, qui sait, peut-être bien entendras-tu ma voix !

6

LA DERNIÈRE NUIT

Il était convenu que Janine et Alexis quitteraient la maison très tôt. De préférence avant l'aube. Après le départ de Ma Lena, Alexis s'est couché, le cœur gros comme la voile d'un navire. Son esprit engourdi et embrouillé confond, cette nuit-là, le charivari des cigales avec un triste chant d'adieu ; et le lit, où il se tourne et se retourne inlassablement, est une mer de sable dans laquelle, petit à petit, il se perd.

— Alex, Alex, Alexis...

La voix de sa mère lui parvient dans un doux et lointain chuchotement. Il ouvre un œil. Il fait nuit, une nuit dense et sombre comme le fond d'un encrier et il lui semble qu'il vient juste de fermer les yeux.

— Alex, appelle encore Janine.

S'appuyant sur un coude, Alexis se soulève et frotte ses yeux. Sur la table, plantée dans le goulot d'une bouteille, une bougie diffuse une faible lumière dont les reflets s'allongent et vont lécher le ventre rebondi de la vieille armoire en bois d'acajou.

Il voit sa mère s'affairer, ouvrir et refermer à plusieurs reprises les battants de l'armoire pour en sortir des objets et des vêtements qu'elle entasse et glisse dans un des sacs ouverts au pied du lit. Quelques secondes plus tard, elle peut tout ressortir du sac, le soupeser à nouveau, comme si elle ne savait quoi faire.

Alexis la voit répéter plusieurs fois cet étrange manège, mais il n'en comprend finalement le sens que lorsqu'elle s'empare d'un cadre, posé sur la table de nuit. C'est une photo de mariage, où on la voit toute de blanc vêtue, un grand sourire illuminant son visage. Une photo sur laquelle elle ressemble tant à Alexis, les mêmes pommettes saillantes, les mêmes yeux brillants.

En effet, pour ce voyage, il ne faut emporter que l'essentiel. Le capitaine se réserve le droit de jeter par-dessus bord ce qu'il juge superflu.

Alexis regarde sa mère. Elle a les yeux mi-clos ; elle tourne et retourne le cadre dans ses mains, le serre longuement contre sa poitrine, puis elle ouvre l'armoire et l'y dépose.

Alors Alexis émerge tout à fait du sommeil, avec une sensation de vertige. Dans la chambre, les objets semblent basculer. Puis les événements passés lui reviennent, pêle-mêle. Il croit entendre, sur la chaussée et sur les galets devant la maison, le martèlement des bottes ferrées annonçant l'arrivée des soldats ; la porte qu'ils enfoncent à coups de pied et de crosse de fusil, leurs hurlements de fauves déchirant la nuit. Et finalement, le fracas épouvantable du vaisselier qu'ils ont renversé. Les tasses ont roulé longtemps sur le sol et le tintement des verres brisés s'est prolongé dans la nuit comme une longue plainte.

Alexis revoit toute la scène, mais surtout le regard de sa mère, cette nuit-là. Un regard épouvanté, qui allait de son père, dont le front ouvert par un coup de matraque saignait abondamment, à lui, tremblant dans un coin. Pendant ce temps, les soldats continuaient à fouiller la maison et à briser ce qui leur tombait sous la main.

La peur, se disait-il, était entrée dans la maison cette nuit-là, tel un animal sournois.

Après l'arrestation de son père, les soldats leur en avaient fait voir de toutes les couleurs. Ils avaient brûlé une importante récolte de maïs et de petit mil. Ils avaient arraché les pieux de l'enclos où étaient gardés les animaux. Plusieurs bêtes, parmi les plus belles, s'étaient enfuies. Caracol, la génisse préférée d'Alexis, avait disparu. Il sort finalement du lit.

— Vite, Alexis, le presse doucement Janine.

Debout, le visage creusé, les joues brûlantes, il ne bouge pas. Il a beau se dire qu'ils ne sont pas les seuls habitants de la zone à s'enfuir, il n'arrive pas à comprendre pourquoi ils doivent quitter leur village, comme deux brigands.

Alexis secoue vigoureusement la tête, comme pour en chasser les idées qui l'assaillent. Il s'étire, puis lentement se dirige vers la fenêtre. Malgré l'obscurité, il parvient à distinguer les arbres de la cour. Il les connaît depuis toujours. Pourtant, c'est comme s'il les voyait pour la première fois. De son père, qui se désolait sans cesse des mauvais traitements auxquels on soumettait la nature, il avait appris le respect des saisons, l'amitié et la protection qu'on doit à l'environnement.

Le cayimitier, près de la clôture, lance, frondeur, vers le ciel ses branches chargées de fleurs. Il ploiera bientôt sous le poids de fruits mauves, charnus et sucrés. Comme le veut la coutume, cet arbre avait été planté à sa naissance par son père. Et avant de placer les racines dans le trou qu'il avait creusé, il y avait déposé le cordon ombilical d'Alexis. Cela le liait pour toujours à cette terre et à cet arbre, qui devenait en quelque sorte son frère jumeau. Dans les familles nombreuses, il fallait aussi beaucoup de terres car chaque enfant devait avoir son arbre. Et si, par malheur, l'enfant mourait, il fallait couper l'arbre, sinon il dépérissait et mourait lui aussi.

Au bout de l'allée, près du petit potager qu'il entretenait lui-même, pousse un cocotier nain, couvert de fruits lisses, dont l'écorce dans la nuit noire luit d'un jaune éclatant. Il a été mis en terre par Alexis, et porte des fruits pour la première fois. Les feuilles s'agitent avec élégance, en bruissant comme du papier de soie dans la nuit tiède.

À la clôture, s'enroulent des lianes jaune safran. Alexis remarque leur phosphorescence et s'étonne; de cela, aussi, il ne s'était jamais rendu compte. Dans la nuit, mêlés aux stridulations des grillons, il perçoit les chuchotements d'un petit ruisseau, qui non loin de la maison coule depuis toujours. Il croit voir les têtards frétillant dans le courant. Alors il lève les yeux et contemple, comme pour la dernière fois, le ciel chargé de grappes scintillantes.

Janine s'affaire encore dans la chambre sans faire de bruit. Les trois sacs qu'ils doivent emporter sont pleins à craquer et, sur le lit, gisent des objets qui paraissent déjà avoir été abandonnés.

7

LA FUITE

Le départ est fixé pour cinq heures du matin. Mais ils doivent d'abord rejoindre à pied Bois-Joli, un village voisin. C'est là qu'ils embarqueront. Alexis est prêt. Il est déjà deux heures du matin. Il boit d'un trait le café au lait tiède que lui tend Janine, repose le gobelet sur la table et s'empare du petit sac en toile de jute qu'elle a préparé à son intention.

Avec mille et une précautions, Janine entrebâille la porte, jette un regard à gauche, puis à droite, puis la referme lentement dans un léger grincement. À pas feutrés, ils se glissent côte à côte dans la nuit.

Dans l'obscurité, ils ressemblent à deux voleurs. Des chiens se mettent à aboyer avec force. Alexis pense à Précieuse qui doit être couchée sur le paillasson de raphia, sur la véranda, chez Jérémie. Elle a sûrement la tête penchée de côté, sur ses petites pattes, et rêve en faisant bouger ses oreilles.

Janine a posé un sac en équilibre sur sa tête et porte accroché à ses épaules un cabas contenant des provisions. D'une légère pression de la main, elle cherche à rassurer son fils. Les pas d'Alexis sont lourds, il est encore tout engourdi de sommeil. Le souffle frais de la nuit qui balaie le vallon le fait frissonner. Il marche aux côtés de sa mère, tandis que son esprit vagabonde encore dans son jardin. Dans sa tête résonnent les voix aimées : celle de Ma Lena, rauque, comme un enfant qui aurait trop pleuré ; puis celles de son père et de Jérémie, dans un écho sans fin.

Autour d'eux, tout est silence et l'obscurité engloutit tout : les arbres, les collines et même la route. Il ne sait pas où il pose ses pieds et se sent soulagé de pouvoir s'en remettre complètement à sa mère, de se laisser guider par elle. Il n'éprouve aucune frayeur, car elle connaît tous les chemins et les bois qui entourent le village. Avec son père, il a bien des fois emprunté cette route pour se rendre à Grand-Pré, à la chasse aux pigeons et aux pintades sauvages. Ici, se dit Alexis, se trouve le plus grand pied d'ilang-ilang de toute la plaine. Nous sommes donc à Carrefour des Meules. Dans la pénombre, il entrevoit vaguement la masse compacte de l'arbre et ses branches vigoureuses dressées vers le ciel. Il a reconnu le parfum lourd et sucré de ses grappes fleuries. Plus loin, un buisson de belles-de-nuit dont les petites fleurs blanches aux pétales nacrés brillent faiblement sur le talus, dessinant dans la nuit des trouées de lumière argentée. Il connaît tous les hameaux qu'ils traversent. Et alors, tel un chant d'adieu, une litanie, il se surprend à les énumérer, découvrant et savourant tout à coup l'originalité et la musicalité de ces noms de lieux.

Tout en haut, passé Floralie, se trouve Kalinda, là où se tiennent chaque dimanche les combats de coq. Il lui était défendu d'y aller, mais il avait souvent vu les paysans, un coq encapuchonné sous leurs aisselles, dévaler la colline des Cirouelles, pour se rendre à Kalinda.

En contrebas, Ganthier et sa rivière aux eaux bouillonnantes, qui se déverse en un torrent de mousse et d'écume blanche. Durant le jour, les chants des femmes et le rythme des battoirs frappant énergiquement sur le linge, au bord de la rivière, se marient aux grondements sourds du courant. Alexis a peine à croire, comme le dit souvent son père, que la Ganthier, un beau jour, va s'assécher complètement. Qu'on ne verra plus alors que les galets, couchés dans le lit de la rivière, pareils à des os blanchis, dans un cercueil. « L'érosion, l'érosion, se désole Raphaël, ça s'étend comme la peste, on coupe trop d'arbres dans ce pays ! »

Bois-Joli, le lieu fixé pour le départ, est à environ une heure et demie de marche de la Ruche. Ils vont d'un pas régulier, sans se hâter, afin de ne pas épuiser trop rapidement leurs forces. Alexis est d'habitude un très bon marcheur, mais perdu dans ses pensées qui le ramènent sans cesse au soir du drame, il se laisse remorquer par sa mère.

Après le départ de son père, dans la nuit, entouré par les soldats, il est resté longtemps pétrifié, sans pouvoir prononcer le moindre mot. Aujourd'hui encore, il s'en veut d'avoir eu si peur et d'avoir obéi à son père, en se cachant dans un coin. Il aurait dû sauter sur ces brutes, les mordre, tenter quelque chose. Tant de fois Raphaël le lui avait répété : «Celui qui lève une arme qui peut ôter la vie n'est plus un être humain, mais une vulgaire machine, faite pour tuer. Rappelle-toi bien ceci : ces soldats armés ne sont pas des hommes, ce sont des brutes. Ils n'hésiteront pas à te frapper. Ils te tueront même, s'il le faut. S'ils se présentent, tu te caches dans un coin. Et s'ils m'emmènent, tu dois rester aux côtés de ta mère.»

Cette nuit-là, le visage enfoui dans les draps, Alexis pense avoir pleuré toutes les larmes de son corps. Il s'était senti tellement inutile, et si malheureux de ne pouvoir consoler sa mère.

Le jour suivant, une forte fièvre l'avait cloué au lit. Il ne pouvait ni boire, ni manger. Vers le milieu de l'après-midi, Janine s'était rendue à la caserne. Mais les soldats s'étaient moqués d'elle.

Elle était revenue fourbue, indignée, révoltée par leur cynisme. Ils lui avaient ri au nez en lui jurant que personne n'avait appréhendé un homme répondant au nom de Raphaël Jolet.

Ma Lena, qu'un pressentiment avait fait accourir chez eux, était restée près de lui pendant la journée. Elle poussait de temps à autre de longs soupirs. Elle arrangeait les draps, frictionnait Alexis, réchauffait ses mains et ses pieds froids comme des blocs de glace. Elle lui avait appliqué des cataplasmes de moutarde, pour les tenir au chaud. «Ma Lena était toujours présente au moment où on avait besoin d'elle, comme une bonne fée, se disait Alexis. Sans elle, sans ses mains sur mon front, je serais mort de chagrin.»

Son pas toujours réglé sur celui de sa mère, Alexis continue à avancer dans la nuit. Plus il s'éloigne du village, plus il se sent envahi par une sourde colère.

Dans la famille et dans le voisinage, on appelle sa mère Flamme tant elle est vive, active et décidée, prête à se défendre, à défendre ceux qu'on exploite, à porter secours aux paysans de la région

qui, comme elle, vivotent et sont terrorisés par les grands caciques, profiteurs
et voleurs de terres. Et Alexis ne comprenait pas comment celle qu'il considère
comme un modèle de courage, fuyait
ainsi au milieu de la nuit. C'est bien elle,
pourtant, qui a eu l'idée de mettre sur
pied cette coopérative. Et Raphaël l'avait
aidée avec fougue et enthousiasme.

« Il faut à tout prix protéger les droits
des petits planteurs et des agriculteurs
du village contre les grands dons*, disait-
elle sans cesse. »

Aujourd'hui, pourtant, elle fuit, elle
baisse les bras face à leur arrogance et à
leur cruauté, pense Alexis.

Ces grands propriétaires, bien que peu
nombreux, possèdent presque la totalité
des plantations de café, de cacao et de
canne à sucre de l'endroit. Seule leur
propre loi règne : celle de l'arbitraire et
de l'injustice. Mais cela ne leur suffit pas.
Les paysans ont beau verser sang et
sueur, jamais ils ne parviennent à payer
les visites à la clinique, et encore moins à
acheter les remèdes pour leurs enfants

* C'est ainsi qu'on appelle les grands propriétaires.

malades... La malaria, la typhoïde et d'autres maladies dangereuses font des ravages.

Dans la plupart des familles, les enfants atteignent souvent l'âge de dix ans et leurs jambes s'allongent comme des pattes de sauterelles sans qu'ils puissent jamais fréquenter l'école. Faute de pouvoir se procurer les livres et les cahiers, ils doivent tout simplement y renoncer.

Le fruit du labeur éreintant des paysans, des longues et innombrables heures passées courbés dans les champs, beau temps, mauvais temps, est acheté à vil prix par ces rapaces, ces *mal-finis*, disait d'eux Raphaël.

Alexis lève les yeux au ciel, il voit les étoiles qui, tels des lampions, clignotent un instant et disparaissent. Leurs derniers frémissements sont comme des clins d'œil complices, une promesse de les revoir, et il découvre alors qu'on peut aimer un pays comme on aime une personne. Il pense à son village, si loin déjà ; à Jérémie et à sa chienne, Précieuse. Devant lui, défilent ses camarades, la cour de l'école, le rond dans la poussière plein de billes multicolores. Il croit entendre les cris des garçons : Touché ! Voilà pour toi ! Pan ! Tu es mort ! Voleur ! Coquin ! Et Jérémie à qui il a promis d'écrire...

Ils avancent à présent à grandes enjambées sur le chemin caillouteux bordé de halliers ; de temps à autre, quelques oiseaux s'éveillent et, effrayés, s'enfuient à leur approche. La température s'est réchauffée. Alexis reçoit comme une caresse sur son visage le souffle tiède du petit matin. Au loin, le jour se lève timidement. Une lumière transparente comme du cristal s'étend sur le pic le plus élevé du Morne à Congo, qui ceinture le sud du pays. Des nuées de pipirites, oiseaux familiers et malicieux, célébrant à leur manière le lever du jour, les accompagnent en lançant des bouquets de trilles pleins de grâce et d'harmonie. Leur chant remplit subitement le cœur d'Alexis d'une réelle douceur, et il se laisse aller à des pensées moins sombres.

Très vite, pourtant, ses préoccupations concernant le village le rattrapent. Que va-t-il se passer lorsque les paysans découvriront que Janine a fui? Plusieurs autres familles suivront sans doute leur exemple. À ce rythme, la Ruche deviendra sous peu un village sans âme. C'est ce que prévoyait son père, et c'est pour cela qu'il les encourageait à résister quand il prenait la parole au cours des assemblées.

Il fallait, disait-il, continuer à tenir tête aux grands dons, pour que la Ruche ne se transforme pas en une plaine de zombies.

— Ne sommes-nous pas des êtres vivants? tout comme ces grands dons? criait-il aux paysans, qui l'écoutaient parfois l'air accablé, en faisant tourner dans leurs mains calleuses leurs vieux chapeaux troués.

Ne voyez-vous pas qu'ils ont fait de nous des prisonniers sur cette pointe de terre? Ils possèdent les terres arables, les meilleures, mais seule notre force les fait fructifier. Cela est-il juste? Sans nous, la force de nos poignets, sans notre présence dans ces champs, de l'aube au coucher du soleil, sans notre sueur avec laquelle nous arrosons les champs, mangeraient-ils, ces messieurs aux souliers vernis et ces dames au parler pointu ?

Dans l'assemblée, quelqu'un criait : « Et pourtant, Dieu seul sait à quel point ils nous méprisent, combien ils voudraient nous voir à genoux les supplier de nous marquer au fer rouge, comme jadis on marquait les esclaves. »

— Non ! reprenait à nouveau Raphaël. Jamais plus nous ne serons esclaves.

Il agitait les bras et élevait la voix.

— Nous travaillons fort, nuit et jour, mais nous crevons de faim, nos enfants ne peuvent aller à l'école. La plupart d'entre vous, d'ailleurs, n'ont jamais été à l'école. Est-ce exact ?

— C'est vrai ! lançait une autre voix.

— Vous n'avez jamais eu ni le temps ni les moyens d'asseoir vos fesses sur les bancs d'une école, puisqu'à l'âge où ils tétaient encore leur mère, vous autres, fils de paysans, étiez déjà aux champs à manier la houe, à sarcler, à bêcher, à leur fournir de quoi manger et mener la belle vie. Mais vous savez que l'esclavage a été aboli dans ce pays il y a fort longtemps ! Des hommes vaillants, nos ancêtres, ont donné leur vie, ont payé de leur sang pour notre liberté...

Les bras de Raphaël tournoyaient comme les ailes d'un moulin en furie.

— Pour être libres, faut-il que nous devenions marrons, faut-il fuir dans les montagnes ? Moi, Raphaël Jolet, tant que le sang courra dans mes veines, je me refuse à prendre le chemin des mornes, comme mes ancêtres. Ils ont lutté pour faire de moi un homme libre !

Alexis entendait alors un grondement sourd dans l'assistance, et il se sentait parcouru par une joie chaude lorsqu'il voyait comment son père savait trouver les paroles justes pour faire réagir tous ces gens. Il regardait sa mère et découvrait son regard lumineux, enveloppant tour à tour la foule et Raphaël.

— Tu as bien parlé, lui disait-elle sur le chemin du retour. Tu sais trouver les vrais mots.

Dans le jour tombant, ils marchaient ainsi tous les trois pour rentrer à la maison. Et son père lui racontait encore les luttes menées jadis par son propre père et son grand-père, ici même dans le village de la Ruche. «Nous ne pouvons pas abandonner, ajoutait-il, en tenant Alexis par les épaules : nous n'en avons pas le droit. Toi aussi, tu devras te battre, mon fils. »

Il lui contait les grandes batailles qui avaient eu lieu dans les pays lointains et citait fièrement les noms de grands combattants. Partout, disait-il, et de tout temps, les hommes ont dû se battre : pour la justice et la liberté... des luttes sans cesse à recommencer, mais combien indispensables.

Alexis participait aux assemblées paysannes et accomplissait nombre de petites tâches au sein de la coopérative. On lui avait confié la responsabilité de découper les carrés de papier qui servaient de bulletins de vote, et de porter les messages aux membres absents.

Il rêvait de suivre l'exemple de son père : comme lui, il irait étudier à la grande ville et reviendrait ensuite à la Ruche, lutter aux côtés des siens.

Le soir, à la maison, après le souper, à la lueur du fanal, son père ouvrait la grande armoire et sortait de vieux livres aux bords usés. Des livres jaunis, aux pages fragiles qui parfois s'émiettaient, mais qu'Alexis trouvait si précieux. Sur une carte du monde, il lui indiquait ces régions qu'il nommait les vieux pays, où les hommes et les femmes avaient autrefois combattu pour conquérir leur liberté. Dans un livre d'histoire, ils admiraient la photo d'un ancien esclave, Jean-Jacques Dessalines, devenu empereur d'Haïti. On le voit juché sur un cheval, avec sur la tête un chapeau impérial qui ressemble à un canot renversé. Sur une autre page, une photo de Toussaint-Louverture. Esclave jusqu'à l'âge de cinquante ans, il lutta contre Napoléon Bonaparte et les puissantes armées étrangères. Le livre relatait les trahisons et les pièges odieux qu'avaient tendus à Toussaint et à ses hommes les colons esclavagistes. Et son père, d'une voix triste et pleine de colère, lui faisait revivre la capture de Toussaint, sa déportation au fort de Joux, dans les montagnes du Jura, où il mourut de froid et de solitude. Alexis alors se juchait sur une chaise, la main sur la poitrine, et déclamait cette phrase célèbre de Toussaint : « *En me renversant, on n'a abattu que le tronc de l'arbre de la liberté des Noirs.*

Mais il repoussera, car ses racines sont profondes et nombreuses ». « Tout cela est bien loin maintenant », pensa Alexis.

8

BOIS-JOLI

Toujours main dans la main, Alexis et sa mère cheminent depuis plus d'une heure déjà. Ils ont abandonné le chemin principal et emprunté un sentier escarpé qui passe à l'entrée de Bois-Joli et descend droit vers la mer. Les cailloux roulent sous leurs pas et dégringolent la sente, pour aller choir en bas, dans un bruit sec, comme le font les billes qui s'entrechoquent.

Sur le talus, Alexis distingue maintenant les perles de rosée. De petits animaux filent comme des éclairs sous les touffes d'herbe humides. De village en village, de basse-cour en basse-cour, les coqs annoncent une aube déjà guillerette, les meuglements des vaches appellent avec insistance : c'est déjà l'heure de la traite.

Encore à une bonne distance, la mer s'offre à présent à leur regard, souveraine et belle, mais toujours terrifiante. Elle se jette avec force sur la grève. Son bruit sur les galets leur parvient de loin, comme des éclats de rire bruyants. Portée par le feuillage des palmiers et des amandiers de mer, la brise est imprégnée d'une forte odeur de sel et de varech.

Ils atteignent enfin la crique qui sert de point de rencontre. Cet endroit porte le nom étrange de Gorge du pirate. C'était là que se cachaient jadis flibustiers et boucaniers, ils y entreposaient leurs armes et s'embusquaient en attendant l'arrivée des navires chargés de marchandises qu'ils dévalisaient dès qu'ils avaient jeté l'ancre.

Sur le sol humide, des traces de pas et des débris divers : os de poulet, écales d'amandes, tout indique que la crique est bien fréquentée. Combien de paysans de la Ruche, de Mousseline, des Cirouelles et de Bassin Bleu, fuyant la répression, ont dû s'y abriter avant eux ?

Maintenant qu'il se trouve là, face à l'énorme gueule de la mer prête à l'engloutir, Alexis recommence à s'inquiéter : il n'arrive toujours pas à comprendre comment on peut aller d'un lieu à un autre en passant par la mer, ni comment les marins savent trouver leur route. Il se demande aussi où ils iront vivre et comment ils se débrouilleront dans ce nouveau pays dont lui a vaguement parlé Janine. Ils n'y connaissent personne. Alexis regarde sa mère. Elle se tient accroupie, la tête sur les genoux, les épaules affaissées.

Nul bruit, excepté celui des vagues qui crachent rageusement sur la plage et font rouler les galets. Alexis sent que s'agitent en lui des remous sans fin. Il voudrait s'étendre, fermer les yeux, s'enfoncer dans le sable, oublier. Mais une grande douleur l'oppresse, lui enlève tout repos. Un sentiment de dépossession l'étreint, le découragement l'envahit.

Il met la main dans la poche de sa chemise et caresse la petite flûte en bois de bambou que lui a donnée Jérémie et le sac qui contient le coquillage de Ma Lena.

Dans la brume du petit matin, ils distinguent bientôt quelques silhouettes.

En file indienne, des voyageurs clandestins arrivent ; parmi eux, Alexis reconnaît Mathurin, un ami de son père. Il y avait longtemps qu'ils ne l'avaient vu. La nuit où les soldats avaient emmené Raphaël, Mathurin s'était enfui. Il s'était sans doute caché dans les bois en attendant le jour du départ.

Alexis est heureux de le revoir, et sa présence le réconforte un peu. En silence, Mathurin le serre très fort contre lui et tend la main à Janine.

9

LA TRAVERSÉE

Ils sont plus de quarante, hommes et femmes, entassés sur un voilier dont la capacité réelle n'excède pas une dizaine de personnes. Alexis est le seul enfant. Les conditions du voyage sont particulièrement pénibles. Les premiers jours, le temps garde sans cesse son air maussade, les averses succèdent aux averses. Le ciel et la mer ont revêtu une teinte grisâtre et menaçante qui sème l'effroi chez les passagers. Les nuages sont si lourds qu'on croirait qu'ils vont à tout moment s'étaler sur l'océan et, tel un linceul, recouvrir le voilier et ses passagers. Ils sont complètement épuisés par la grippe, tous manquent de sommeil. L'eau pénètre dans le voilier, alourdi par sa cargaison humaine.

Les jours suivants, les rayons d'un soleil torride les terrassent et les abrutissent. Ils sont assoiffés et découragés. Janine croyait avoir emporté avec elle ce qui aurait pu rendre le voyage moins pénible. Que pouvait-on cependant contre les morsures du soleil, entre le ciel et l'eau, sans rien pour se protéger? Alexis a le visage boursouflé et couvert de grosses plaques noirâtres.

Le sel de la mer et les rayons du soleil piquent leur peau comme autant de coups de fouet, les cuisent durant le jour, et dès la nuit la peur semble prendre la relève. Peur que le bateau n'aille se briser contre les récifs, peur que le capitaine ne s'égare de sa route dans l'obscurité. Pareille à une araignée velue, la peur s'agrippe à leurs entrailles, emprunte le visage d'une pieuvre aux milliers de tentacules. Tel un serpent, elle s'enroule autour des reins des passagers et distille en eux son venin, irrigue leur corps, tandis que le voilier se perd dans l'obscurité et le froid.

Alexis n'arrive à dormir que d'un œil. La terreur en lui est si grande qu'à la moindre secousse il se réveille en se demandant si le bateau avance vraiment. Puis lui vient tout à coup la sensation qu'il s'en va à la dérive, porté uniquement par le courant, au gré du vent.

Une nuit, rompu par la fatigue, il s'endort profondément et fait un rêve sinistre : arc-bouté sur le dos d'une espèce de monstre marin, une baleine à trois têtes, il lutte seul au beau mitan des flots, tandis que le bateau disparaît, coquille fêlée, qui l'abandonne au milieu de la mer. Épouvanté, il garde toute la nuit ses yeux braqués sur l'océan, avec la certitude de voir réapparaître à tout moment le monstre terrifiant.

Lorsqu'arrive enfin le jour, il éprouve un énorme soulagement : la sensation d'avoir échappé à un immense danger. Savourant ce bref moment d'apaisement, il contemple le lever du soleil qui dépouille la nuit de ses voiles et de ses mystères. Au-dedans de lui vacille une petite lueur d'espoir, telle une nouvelle aube, quelque chose qui lui chuchote que cette épreuve bientôt prendra fin.

Tout devait se gâter un peu plus tard, lorsque le capitaine, qui gardait depuis le début un silence obstiné, leur annonce qu'il s'est égaré. Ils ont dérivé vers une des îles des Bahamas à cause des courants tumultueux des deux derniers jours. Les gens réagissent mal à ce qu'ils considèrent plutôt comme une négligence.

La fatigue et l'anxiété rendent impossible toute volonté de raisonnement logique, et avec inquiétude ils relatent le mauvais accueil qui est généralement réservé aux Haïtiens en cet endroit. Les commentaires vont bon train, chacun connaît un réfugié de la mer, cousine, tante, voisin ou frère, qui aurait été victime de sévices de la part des autorités de ces îles, lorsque le hasard de la fuite les y avait conduits.

— Les provisions sont pratiquement épuisées. Il n'y a plus d'eau potable, on en profitera pour s'approvisionner, raisonne le capitaine pour calmer leur tension et leur déception. Comme nous allons payer le prix fort pour tout acheter, vous pouvez être sûrs qu'ils nous accueilleront bien. Cela ne fera de mal à personne, de toucher la terre ferme. Si vous ne quittez pas le rivage, il n'y aura aucun problème avec les autorités.

Accroupi dans un coin du voilier, Alexis écoute d'une oreille un peu distraite les palabres des adultes. Il sort de sa poche le coquillage que lui avait donné sa grand-mère, le pose contre son oreille et croit entendre Ma Lena qui lui souffle : « *Il est bon, tu sais, d'être parfois comme la feuille au vent, de se laisser porter, sans trop y penser... Qui sait, sur le chemin...* »

Il ferme les yeux et s'endort. Brusquement, des voix, des accents, une langue qu'il ne connaît pas le réveillent. Sont-ils arrivés ? Le capitaine s'entretient avec des hommes habillés en complet kaki.

— Ce sont des gardes, lui dit sa mère.

Les discussions s'achèvent lorsque le capitaine accepte de verser une certaine somme pour avoir le droit d'accoster, pour une période n'excédant point deux heures. Aidé par quelques hommes, il procède au calfatage des fissures et vérifie le moteur du voilier. Quant aux voyageurs, ils en profitent pour se ravitailler auprès des marchands qui envahissent la plage et leur proposent à prix d'or toutes sortes de provisions.

Ils reprennent finalement leur route, alors que s'annonce un orage des plus violents. De gros nuages noirs s'accumulent là-haut, tandis qu'au ras de l'eau tourbillonnent d'immenses oiseaux, affolés par l'apparition du mauvais temps.

Le bateau s'éloigne du chapelet d'îles en suivant une rangée de falaises. Les voyageurs sont attristés et fascinés lorsqu'ils contemplent les bosquets verdoyants dans lesquels gambadent des colonies de chèvres sauvages. Ils pensent à leur village, à tout ce qu'ils ont abandonné.

Sur le bateau, les gens parlent peu. Pour tuer le temps, conjurer la tristesse et la peur, ils chantent quelquefois. Si les mots pour parler ne peuvent se frayer un chemin dans leur gorge, leurs chants pleins d'espoir s'élèvent, légers.

Papa Loko, ou se van, voye n ale, ou se papiyon wa pote nouvèl bay Agwe.
Papa Loko, dieu du Vent, laisse-nous partir. Papillon, tu iras porter de nos nouvelles à Agwe.

La voix de Janine s'élève, pure comme un chant de rivière. La tête recouverte d'un grand carré de tissu gris qui la protège du soleil intermittent et du vent, elle fait penser à une madone les yeux fermés.

Janine a la plus belle voix de la chorale paysanne de la Ruche. Dans le crépuscule naissant, mêlé au bruit des vagues, son chant produit un effet presque magique.

L'orage s'éloigne et la nuit qui arrive s'annonce finalement paisible. Le crépuscule est chargé de couleurs douces et violentes, comme les aime Alexis. Pareil à une boule de feu, le soleil descend lentement et sombre à l'horizon.

Pour Alexis, là où s'arrête son regard, c'est « derrière la mer ». « Qu'y a-t-il derrière ce rideau ? se demande-t-il, toujours intrigué. D'autres plages de sable blanc, des palmiers, des cocotiers, une forêt d'arbres géants couverts de lianes, avec des singes qui sautent d'arbre en arbre et des perroquets au plumage bigarré ? »

La dernière journée est la plus rude. Des vents violents se lèvent dès l'aube. Le bateau ne tient plus en place, il tangue, roule, se courbe, bondit, rugit au milieu des flots. On le dirait assailli par des milliers de tentacules qui, du fond de l'océan, cherchent à le happer, s'acharnant contre sa frêle coque. Le capitaine a beau recommander de ne point s'affoler, la panique envahit le bateau. Un rien peut provoquer une catastrophe.

Avec des plats et des gobelets, les passagers enlèvent tant bien que mal l'eau au fur et à mesure qu'elle pénètre dans le voilier. Les femmes se mettent à prier puis, entraînées par Janine, elles commencent à chanter. Des chants montent jusqu'au ciel, et vont toucher le cœur des dieux auxquels ils sont adressés. D'autres atteignent les plages déjà lointaines de la Ruche et de Bois-Joli...

Nous sommes des roseaux,
nés de cette terre grasse et fertile,
sous les bourrasques,
bien sûr, nous ployons,
mais nous ne nous brisons jamais.
Ah oui ! nous sommes des roseaux,
comme les vagues,
la mer nous roule,
nous bouscule et nous courbe.

Tenaces cependant,
pareils à l'arc-en-ciel après la pluie,
nous renaissons.

Janine entonne les unes après les autres toutes les chansons qu'elle connaît, parmi lesquelles cet air qui, les comparant aux roseaux qui ploient sans se casser, insuffle une véritable onde de courage aux voyageurs.

Sur un vieux bidon d'essence vide, un homme commence à tambouriner, rythmant une mélodie qui dès les premières notes produit sur la petite troupe un effet particulier. À l'autre bout du bateau, Janine ouvre grands ses yeux. Ils s'éclairent pour Alexis comme des feux de Bengale. Une pluie d'étoiles, aurait dit son père.

L'homme continue de frapper et de chantonner. Janine hésite pourtant à reprendre les paroles de la chanson qui ne feront qu'accroître, selon elle, le chagrin de ces gens entassés sur ce rafiot, voguant vers une terre et un destin inconnus.

Alors Alexis prend sa flûte, et se met à jouer. Tous les paysans de la zone connaissent cette mélodie dont les notes, claires et légères perles de musique, s'envolent au-dessus des vagues et se perdent dans l'immensité. Soudain, Mathurin entonne le chant. Sa voix grave manifeste tant de force et de conviction que tous, revigorés, reprennent en chœur :

Mwen refize pèdi kap
Je refuse de perdre le nord.
Mwen refize tounen yon zwazo san branch
Je refuse d'être l'oiseau privé de
sa branche.
Mwen refize tounen yon vye bèt sans nich
Je refuse d'être cet animal à qui on
aurait ravi la niche.
Mwen bouke mache sou tout gran chimen
Je suis fatigué d'aller par tous les
chemins,
ak yon karyoka dwat e gòch nan pye mwen.
avec ces godasses à mes pieds épuisés.
Se sa ki fè
Voilà pourquoi
m ap revandike
je revendique

ak gwo kout anmwe
à cor et à cri
mwen vle tranch solèy pa mwen oooooh.
ma tranche de soleil à moi.

10

KEY WEST

Terre, terre... Leur chant s'arrête net, comme s'il se brisait dans leur gorge. Une nuée d'oiseaux blancs au large bec plongent bruyamment devant le voilier pour saluer son arrivée puis, dessinant un arc de cercle, remontent en battant des ailes avec une grâce infinie pour se perdre dans la brume matinale. Les passagers sont transportés de joie, malgré leur inquiétude. Une seule question les préoccupe, que nul d'entre eux n'ose formuler à haute voix : comment vont-ils aborder ? Ces bateaux sont la plupart du temps remorqués par les navires de la garde côtière.

Ce jour-là, aucun navire à l'horizon ! La méfiance envers le capitaine refait à nouveau surface : où les a-t-il conduits ?

— Nous allons devoir nous jeter tous à l'eau et nager jusqu'à la rive. Tout ce qu'il nous reste à faire, c'est prier Dieu qu'il nous pardonne nos péchés et qu'il éloigne les requins...

C'est la voix de Paul, un gringalet d'une vingtaine d'années, un oiseau de mauvais augure. Profession : rabat-joie. Personne ne relève sa remarque. Cependant, instinctivement, Alexis se glisse vers Janine et se serre contre elle.

— Ce rivage semble si proche et si lointain, dit-il.

— Tu as raison. C'est l'impatience qui crée cette impression. Nous sommes comme des prisonniers à qui il ne reste plus qu'une journée à passer en prison. Cette dernière journée doit toujours sembler interminable. L'essentiel est de garder son calme, n'est-ce pas ? C'est le plus difficile, mais de cette façon seulement nous nous en sortirons.

— Que ferons-nous s'il faut se jeter à la mer et nager jusqu'à la rive ?

— À ton avis, que ferons-nous ?

Alexis baisse la tête. Peu à peu le vent se lève et dissipe le brouillard de la nuit au-dessus de l'océan. Il fait soudain très lourd. Un sombre pressentiment enveloppe les passagers lorsqu'ils sentent tournoyer le bateau. Le vent émet un sifflement rauque, un bruit assourdissant. Il se déverse du ciel par grosses bourrasques et la mer s'emporte, furibonde, se déchaîne comme si elle voulait se retourner d'un seul coup. Une fois de plus, le bateau semble perdu, livré sans merci à la force des éléments.

« Les rêves, les espoirs, la folie des hommes, tout paraît si léger et dérisoire », se dit Mathurin, en observant Alexis. « S'il arrivait quelque chose, je devrais faire de mon mieux pour sauver l'enfant. »

Agrippé avec l'énergie du désespoir au gouvernail, le capitaine lutte. Ses manœuvres tentent de détourner les vagues des flancs du navire. Il cherche à se rapprocher le plus possible de la terre ferme espérant ainsi échouer sans dégâts. Et ces vagues, tant et aussi longtemps qu'elles ne seront pas plus déchaînées, loin de lui nuire, servent à ses fins. Par temps calme, ils auraient dérivé interminablement. « Encore quelques mètres et un peu de chance, se dit-il, et nous accosterons sains et saufs. »

Pour les passagers, le temps s'écoule trop lentement. Ce bout de terre au-dessus duquel s'étale un mince filet de lumière blafarde, semble à la fois venir vers eux puis s'éloigner comme un mirage. Ils ne sont plus qu'un seul souffle retenu, un seul regard rivé sur le lointain.

Soudain, une grosse vague solitaire soulève l'arrière du bateau et précipite les passagers dans les flots tandis que des hurlements de terreur déchirent l'air. Dans le tumulte et la pagaille qui s'ensuivent, Mathurin ne perd pas de vue Alexis.

À grandes brassées, ce dernier tente de se diriger vers le rivage, luttant de toutes ses forces contre les vagues rageuses.

— Inutile de chercher à récupérer vos effets, crie le capitaine. Rejoignez la rive !

Dieu merci, animés par cette force incroyable que procure l'espoir, les naufragés ne lambinent point. Les plus forts secourent ceux qui flanchent et, rapidement, tous prennent pied sur la terre ferme.

Les voilà affalés sur le sable, loques humaines, abrutis, déguenillés, mais sauvés. À l'exception de Mathurin ils gisent tous, la nuque contre le sable, en proie à une espèce d'hébétude. Ils mettent du temps à revenir de leurs émotions. Bons nageurs, Alexis et Mathurin n'ont pas eu trop de mal. Il n'en a pas été de même pour Janine, que le dénommé Paul a dû attraper par le cou alors qu'elle coulait à pic. On l'a étendue à plat ventre pour essayer de la ranimer et lui faire rendre une partie de l'eau qu'elle a avalée.

Le temps s'écoule, le jour s'installe. Des rafales de vent accourent de l'horizon, avec dans leurs plis une odeur tenace de goémon. Près de Mathurin, secoué de frissons, Alexis se redresse lentement et se débarrasse du mieux qu'il peut du sable qui colle à sa peau, tout en faisant des mouvements légers pour se réchauffer. Il parcourt la plage du regard et se rend compte avec étonnement qu'ils n'ont abouti ni dans une forêt dense et touffue, ni dans une ville où les toits des maisons se frottent contre la paroi du ciel. L'endroit paraît désert.

Soudain Alexis se lève et jette des regards effarés autour de lui, comme s'il venait de prendre conscience de quelque chose de grave.

— Où est le capitaine ? interroge-t-il d'une voix étouffée.

Mathurin se met debout, lui aussi. Les mains en visière, il scrute les alentours. « Aucune trace du capitaine, se dit Mathurin, qui comprend que l'homme a profité de la confusion entourant l'accostage pour s'éclipser. »

— Là-bas ! hurle enfin Alexis.

D'un seul mouvement, les gens se lèvent et regardent hébétés le bateau qui au loin fait voile, filant à toute allure.

— Il a mené à bien sa tâche, mais il nous abandonne.

— Il va falloir nous débrouiller sans lui à présent, tonne Mathurin avec une sorte d'exaspération dans la voix.

— Le salaud ! fait Paul avec colère, en lançant un caillou à la mer.

— Rien ne sert de se lamenter ou de se mettre en colère, prévient Mathurin. Et puis, à bien y penser, nous ne pouvons pas lui en vouloir. Il ne faut pas oublier que s'il se fait attraper, il risque la prison.

— Mathurin a raison, déclare Janine. Il nous faut à présent décider de ce que nous allons faire.

— Comment décider, puisque nous n'avons aucun repère ? tranche à nouveau Paul. Nous ignorons dans quel pays nous nous trouvons. Nous avions entrepris ce voyage avec l'idée de nous rendre aux États-Unis. Qu'est-ce qui nous indique que nous y sommes réellement ?

— Il y a sans doute une ville, pas trop loin, avance Alexis.

— Alors ? interroge Janine.

— Alors, je répète qu'il n'y a rien à faire, reprend Paul. Nous devons rester là comme des imbéciles, des statues de sel et de sable, à attendre que les maîtres de ce pays viennent nous demander des comptes.

— Tu aurais intérêt à ne plus ouvrir la bouche, Paul, lance Janine, qui lui décoche du même coup un regard furieux.

— C'est vrai ! Tais-toi donc ! Ton haleine de malheur va nous attirer la guigne, renchérit une femme qui n'avait pas encore placé un seul mot.

Alexis s'impatiente.

— Nous pourrions peut-être marcher jusqu'à ce que nous trouvions une route.

Mathurin, qui continuait à scruter avec attention les alentours, secoue négativement la tête :

— Non, dit-il, je ne pense pas que ce soit la meilleure solution. Nous sommes trop fatigués pour nous embarquer dans une autre aventure, sur des routes inconnues. D'ailleurs, nous serons rapidement pris en chasse par des patrouilles de police. Non... non... non...

Mathurin secouait la tête avec force, comme pour donner plus de poids à ses paroles.

— Il vaut mieux, dit-il en se laissant tomber lourdement sur le sable, rester ici. Les garde-côtes doivent effectuer des patrouilles dans la zone. Nous n'avons pas besoin d'aller vers eux. Ils finiront bien par nous trouver.

— Tu veux dire que nous devons attendre ici qu'ils nous attrapent et nous mettent en prison ? Nous avons donc remplacé la mort au pays par une autre mort ? lance une voix accusatrice.

— Y a-t-il une autre solution ? interroge Mathurin. Vous saviez tous dès le départ que partir était une chose, mais que ce n'était pas tout.

Tous se taisent. Le vent qui vient du large fait bruire le feuillage des arbres. Ce bruissement continu, les divagations de la mer, les cris perçants des oiseaux, tout leur paraît lugubre et de mauvais augure.

— Tu n'as vraiment pas la moindre idée de l'endroit où nous nous trouvons, Mat ? interroge Alexis.

— Je donnerais aussi cher que toi pour le savoir, mon enfant.

— Que va-t-il nous arriver ? Si mon père était là, au moins... se tourmente Alexis.

— Il ne pourrait rien faire de plus, Alex. Il te dirait que nous sommes tous dans le même bateau !

— On l'a déjà quitté, le bateau !

— Tu as raison ! Il dirait alors qu'on est dans la même galère !

— Qu'est-ce qu'ils feront de nous lorsqu'ils nous trouveront ?

— J'aimerais pouvoir te donner une réponse qui te fasse plaisir, hélas, je ne suis pas un devin. Une chose est certaine : si nos rêves de justice et de liberté ne se sont pas brisés contre les récifs, notre voyage portera fruit, nous serons bien accueillis. Je veux dire qu'ils tenteront de comprendre les raisons de notre fuite. Par contre, si nos espoirs gisent déjà au fond de l'océan, l'enfer nous attend, mon enfant. Un enfer inimaginable, derrière les barbelés des prisons où l'on enferme ceux qui rêvent trop de liberté.

Alexis écarquille les yeux et se remet à frissonner.

— Écoute bien, Alex. Nous avons perdu notre pays, notre village, nous aurions aussi pu perdre la vie au cours de ce voyage, et tout n'est pas fini. Une des plus grandes luttes qu'il nous reste à mener à présent, c'est de nous faire accepter dans ce pays où nous cherchons asile. Si je me fie à ce que m'écrivait dans ses lettres un de mes cousins qui est passé par là, il ne s'agit pas d'une chose facile.

11

LE CAMP

Il y a plusieurs mois déjà, Alexis et ses compagnons d'infortune ont été ramassés sur cette plage de Key West, en Floride. Souvent Alexis se rappelle ce moment où les garde-côtes les ont cueillis comme un paquet de crabes saouls.

Il devait être midi passé. Le soleil régnait en maître sur la plage, ils s'étaient réfugiés à l'ombre des arbustes. Une faim atroce et la soif surtout, les tenaillaient. La plus grande tristesse se lisait sur leurs visages. Quelques-uns, et parmi eux Alexis, somnolaient, engourdis par la fatigue, lorsque soudain s'est fait entendre le ronflement sourd de moteurs. Quatre lourds camions fonçaient droit sur eux. Le temps de le dire, une nuée de policiers armés de bâtons, de casques, de fusils et accompagnés de chiens, se sont rués vers eux avec des airs de guerriers s'apprêtant à prendre d'assaut quelque forteresse.

L'espace d'un instant, Alexis s'était cru dans un film. Mais lorsqu'il les avait entendus crier comme des forcenés, il avait pris conscience que la peur refaisait son apparition. Les chiens, surtout, avec leur énorme langue pendante et leurs crocs acérés, l'avaient effrayé. Il ne croyait pas qu'il pouvait en exister de cette taille.

Alexis se disait qu'il ne parviendrait jamais à oublier la colère qui possédait ces policiers, ce jour-là, les cris et les hurlements qu'ils poussaient et qui semblaient se répercuter comme un écho, sur la plage. Les camions étaient recouverts d'une bâche verte. Sur leurs flancs, s'étalaient en lettres blanches les mots :

Key West Florida State Police.

Ils avaient été copieusement bousculés et rudoyés, puis on leur avait intimé l'ordre de grimper dans les véhicules, en les poussant dans les côtes avec les crosses des fusils.

Seul Mathurin, qui jadis avait été guide pour touristes, comprenait un peu l'anglais. Il s'était bien gardé d'ouvrir la bouche, mais il avait tout traduit par la suite à Alexis : le mépris non dissimulé, les injures, mais aussi et surtout la honte qui sans ménagement l'avait cinglé lorsqu'il les avait entendus pester et jurer contre ces *boat people,* ces gueux, ces miséreux, ces gens sans terre qui, telle une marée noire indésirable, reviennent à intervalles réguliers hanter et souiller les plages de la Floride.

À entendre ces paroles, Alexis avait senti l'amertume, telle une coulée de lave bouillonnante, envahir son sang.

Janine avait protesté, s'était emportée contre Mathurin.

— Qu'est-ce que l'on gagne, Mathurin, à rapporter toutes ces horreurs à un enfant ? lui avait-elle demandé.

Mais Mathurin lui avait tenu tête :

— Alexis a été assez fort pour survivre à cette traversée, il l'est également pour savoir ce qui nous attend. Si son père était présent, il ne lui aurait rien caché, tu le sais. Il faut lui dire la vérité : nous ne sommes pas au bout de nos peines.

Au terme d'un pénible trajet de plusieurs heures, ils aboutissaient dans un camp de réfugiés. À leur arrivée, on leur avait mis au cou une corde, au bout de laquelle pendait un numéro, imprimé sur un carton plastifié.

Dans les dortoirs, cette nuit-là, ils avaient pu voir les mêmes numéros affichés sur les montants des lits qui leur étaient assignés et sur les uniformes qu'on leur avait distribués. En dépit de leur immense fatigue, des corps meurtris et endoloris, ils ne parvenaient pas à trouver le sommeil. Silencieux, amers, ils prêtaient l'oreille à ce mugissement incroyable venu de leurs entrailles, qui ravageait leurs cœurs et tout leur corps : le bruit des sanglots et des cris si long-temps retenus, hurlements de détresse de leur vie insensée, de leur identité, une fois de plus réduite à néant.

Les jours passent et rien ne paraît changer dans leur condition. Plusieurs mois se sont écoulés, ils sont encore enfermés derrière les barbelés et n'ont encore croisé personne d'autre que leurs geôliers.

Le camp est divisé en plusieurs sec-tions ou blocs. Alexis et ses compagnons sont cantonnés au bloc D : de longs couloirs où s'alignent des rangées de lits superposés, recouverts de flanelle grise. Au bout de chaque couloir sont disposées les toilettes et les douches, qui dégagent en permanence une odeur suffocante de chlore.

La végétation inexistante, le silence absolu, l'immensité bleue et limpide du ciel, tout concourt à une impression de vide intense. Au loin, s'étend à perte de vue une route grise et froide, long ruban d'acier, où vont et viennent d'énormes camions.

Au cours des premières journées, Alexis garde bon espoir de retrouver sa liberté. Cependant, plus les jours passent, plus son espoir s'amenuise, puis comme ses compagnons, il finit par perdre la notion du temps.

Il a déniché, dans une poubelle, un gros bloc de papier à peine utilisé. Mathurin lui a fait cadeau de son stylo et, pour tromper le temps, Alexis s'est mis à écrire, en imaginant qu'il trouverait un moyen d'envoyer cette longue lettre à Jérémie.

Avec une sorte de frénésie, chaque jour il remplit les pages d'une écriture ronde et fine et raconte ses journées vides dans le camp.

Ce camp de réfugiés est comme une ville peinte en gris. Il n'y a pas un seul arbre, ni même un animal. Tout autour ils ont élevé de grands murs. Par-dessus les murs, sont installés des fils de fer, hérissés de pointes piquantes, des rangées de barbelés menaçants et infranchissables, comme ceux dont s'entourent les maisons des riches, en Haïti.

Nous n'avons pas le droit de quitter le bloc, au risque d'être punis. Dans le carré à côté du mien, il y a d'autres réfugiés qui parlent espagnol. Mathurin m'a expliqué qu'ils viennent du Honduras, du Salvador, du Guatemala : des pays de l'Amérique centrale où il y a beaucoup de problèmes, comme chez nous. Ces noms de pays me rappellent nos leçons de géographie. Tu ne peux pas imaginer combien l'école me manque, et toi aussi. Je pense beaucoup à maître Richer, je me demande comment sont les professeurs ici, et si un jour je pourrai aller dans une école. Mathurin dit qu'il faudrait que j'apprenne l'anglais. J'ai l'impression que ce sera difficile.

Le matin, ils sonnent une espèce de cloche, un son horrible pour nous réveiller. Puis il faut aller sous une grosse tente, chercher le déjeuner, et après, nettoyer le camp. Il n'y a rien d'autre à faire, toute la journée. Mathurin dit que ça peut rendre fou. Les gens sont très tristes.

Assez loin de l'endroit où nous nous trouvons, ils ont installé d'autres réfugiés, arrivés peu après nous. Nous pensons qu'ils viennent d'Haïti. Malheureusement, nous ne parvenons pas à communiquer avec eux. Au centre du camp se dressent plusieurs bâtiments que l'on dirait taillés d'un seul bloc, comme de grands carrés de pierre. Là vivent les geôliers ; ils sont si étranges. Pas un seul parmi eux ne parle le français. Ils nous détestent et nous méprisent, je crois. Ils portent des gants de caoutchouc lorsqu'ils s'approchent de nous. Pour un oui, pour un non, ils crient, même si on ne comprend rien à ce qu'ils disent.

Quand vient le moment de la douche, ils nous surveillent et hurlent si on s'attarde trop. Il y en a qui sont si méchants qu'ils nous observent même lorsqu'on va aux toilettes. Il y a dans le camp un garçon de Bois-Joli, nommé Paul. Il me fatigue parce qu'il pense toujours avoir raison. Il prétend que c'est pour nous humilier que les gardiens agissent de la sorte. Moi je trouve cela stupide et dégoûtant.

Nous devons tous porter un uniforme de couleur orange, avec un numéro imprimé dans le dos. Mais chaque fois qu'ils me donnent un nouvel uniforme, j'arrache le numéro avec mes dents. C'est un carré de tissu blanc, cousu au milieu du dos. J'ai dit à un gardien : « Moi, je ne suis pas un numéro, mon nom est Alexis. » Je ne sais pas ce qu'il me disait, mais j'ai senti qu'il comprenait bien lorsque je lui ai répété mon nom : Alexis, Alexis, Alexis, je lui criais plus fort, chaque fois.

Je suis malade depuis trois jours. Ils nous donnent souvent des saucisses. Cela m'a rendu malade. Paul a raconté qu'on les fabriquait avec des déchets de viande, comme la nourriture pour les chiens. Les gardiens disent que nous n'avons pas à nous plaindre, parce que chez nous, nous n'avons rien à manger.

Il n'y a pas de miroirs dans le camp. Alors, je ne peux pas me voir. Mais tout le monde ici dit que j'aurai bientôt l'air d'un squelette. C'est à cause de cette nourriture. On dirait *du carton bouilli. Je ne m'y habitue pas. Tout est cuit sans sel et sans épices, puis c'est emballé dans des sacs de plastique. Les repas sont toujours froids. Le plus étrange est qu'on ne sait pas ce qu'on mange. Tout a la même saveur, c'est-à-dire sans saveur.*

Ce matin, j'ai surpris Étienne, un charpentier de Bois-Joli, qui racontait qu'ils nous laissent derrière ces barbelés parce qu'ils ont l'intention de nous vendre à des laboratoires qui vont nous utiliser pour tester leurs médicaments et toutes sortes de produits. Il doit sûrement dire vrai. Sinon, pourquoi nous garderaient-ils enfermés? Dans quelques jours, cela fera huit mois que nous sommes ici, dit-il. Pour moi, c'est une éternité. Peu avant son départ de Bois-Joli, expliquait Étienne, des réfugiés qui avaient été rapatriés, cela veut dire renvoyés de force, avaient raconté qu'on les avait gavés et empoisonnés avec toutes sortes de substances. Par la suite, il avait poussé des seins aux hommes, des moustaches et de la barbe aux femmes.

Je rêve souvent que je me mets tout à coup à parler la langue des gardiens et que je leur explique ce qui se passe dans notre pays.

Il m'arrive de passer des heures et des heures, les mains agrippées aux barbelés, à regarder les bâtiments gris où se trouvent les gardiens. Mathurin dit que c'est devenu chez moi une obsession. Il a sans doute raison, puisque je les vois même dans mon sommeil. C'est un peu fou, je sais, mais je rêve parfois qu'il se produit un miracle, que je hurle tant et tant ma colère à ces murs de béton et à ces portes qui nous gardent prisonniers que les murs s'écroulent.

Quelquefois, je joue seul. C'est pas très amusant, mais ça fait passer le temps et me permet d'oublier le camp quelques instants. Le plus souvent je me couche sur le sol, je regarde les nuages. C'est étrange comme ils courent vite. Tout ce que j'aime ici, c'est le ciel. Il est très beau, même s'il y a moins d'étoiles qu'à la Ruche. Souvent, je joue à être une étoile. Je me sens voguer, loin, loin, bien loin dans le ciel et je vais me planter juste au-dessus de la maison de Ma Lena. Je me glisse par un petit trou dans le toit et, lorsque je pose mes pieds sur le sol, pouf! une grande lumière éclaire la chambre de Ma Lena qui s'écrie :

— Oh, oh, Bondie, sa sa ye sa ! (Oh, bon Dieu, qu'est-ce que c'est que cela ?)

À ces mots, je redeviens une personne et lui réponds :

— Ma Lena, tu vois bien, c'est moi, Alexis. Me voici revenu !

La lune ici est très grosse. Quand elle roule dans le ciel, on dirait qu'elle est saoule. Quand je la vois se lever, je pense aux soirées passées à raconter des histoires, là-bas, à la Ruche. Je me revois sur la véranda près de Ma Lena, qui trône sur sa vieille chaise trouée.

Mathurin et Paul disent qu'il n'est pas bon de rêver ainsi, parce que cela épuise le corps et l'esprit. J'imagine tant de choses que j'en ai le vertige. Je sens alors que je flotte, comme un morceau de bois sur l'eau. Et ce n'est qu'à ce moment-là que je parviens à trouver le sommeil.

Le bloc C est réservé aux femmes et c'est là que se trouve maman. Je n'ai jamais pu lui parler ni la voir depuis notre arrivée au camp. Je me demande ce que je serais devenu sans Mat. Nous discutons souvent tard dans la nuit, lui et moi. Je sens qu'il veut faire toujours de son mieux pour me distraire, mais rien n'arrive à me rendre moins triste...

À la dernière page de ce calepin, Alexis a écrit :

Il est interdit de fouiller dans les poubelles. Je ne crois pas que j'aurai la chance de dénicher un autre calepin. Il faudra bien pourtant que je trouve un moyen d'écrire...

12

LA RÉVOLTE

Depuis le jour où il a surpris Étienne qui expliquait qu'on les gardait afin de les utiliser comme cobayes, Alexis maigrit à vue d'œil. Il se lève de fort mauvaise humeur chaque matin, avec le sentiment de laisser s'échapper un songe précieux. En vain se creuse-t-il la mémoire, ne subsistent sous ses paupières que les limites incertaines dans lesquelles se meuvent là-bas, à la Ruche, Ma Lena, son père Raphaël et son ami Jérémie.

Un matin, il se rend compte que les souvenirs qu'il s'évertue à préserver intacts commencent à se dissiper. Il ne peut plus se rappeler avec la même précision les traits du visage de sa grand-mère, ni ceux de Raphaël. Alors il fond en larmes et pleure, comme jamais il n'a pleuré de sa vie.

À tour de rôle, les détenus tentent de le calmer. Mais une révolte sans nom a pris naissance en lui. Elle éclate ce matin-là comme une pluie d'été soudaine, se transforme en grêle de pierres sur un toit de tôle, puis en avalanche. Des mots et des cris, pleins de colère et de fureur, s'échappent de sa bouche.

En désespoir de cause, les gardiens font venir Janine. Mais Alexis refuse de la voir.

— Je ne voulais pas partir, crie-t-il.

Mathurin seul parvient, après une longue discussion, à le calmer. Mathurin qui a dans la voix cette passion mêlée de sagesse lui parle à nouveau des luttes menées par les hommes, depuis le premier jour du monde.

— Notre histoire et nos luttes ne sont pas nouvelles, Alex, lui dit-il. Nos victoires ont été arrachées à force de patience et de sacrifices.

— Je n'ai plus de patience et je ne veux pas qu'on me parle de sacrifice, tempête Alexis, qui se jette à terre.

Mathurin a coutume de dire qu'un sang fait de patience et de persévérance coule dans ses veines. Tenace, il poursuit, détachant chaque mot, chaque syllabe :

— Dans beaucoup de pays, beaucoup de contrées dans le monde, des hommes, des femmes et même des enfants comme toi, luttent pour leur liberté, pour leur survie.

— Je sais. Mon père me l'a souvent répété que nos luttes sont aussi vieilles que le monde ! Mais seront-elles éternelles ?

— L'important, Alexis, est de ne jamais baisser les bras, de résister. Tu agis maintenant comme si tu abandonnais la lutte, et tu ne fais pas honneur, crois-moi, au courage de Raphaël. Je suis sûr que là où il se trouve, il continue, d'une manière ou d'une autre, à se battre, à résister.

Cette phrase ravive chez Alexis le souvenir de son père. Il crie de plus belle :

— Comment pourrons-nous poursuivre le chemin avec tous ces barbelés qui nous gardent prisonniers ?

— Tu ne sauras jamais combien de chemins ont été tracés, débroussaillés, avec pour seule arme nos ongles ! Seuls ceux qui se battent peuvent espérer gagner.

— Qu'avons-nous à gagner, enfermés là où nous sommes ? Maman répétait sans cesse que partout ce serait mieux que là-bas. Ne te rends-tu pas compte que nous sommes emprisonnés ? C'est pour vivre derrière des barbelés que nous avons risqué nos vies sur la mer ?

— Ces cris, ces hurlements ne mèneront nulle part. Ils ne font que t'affaiblir. Quand on lutte, il faut demeurer ferme.

La voix déchirée, Alexis lui répond :

— Mon père m'a dit que nous avons été les premiers à briser les chaînes de l'esclavage. Nous avons même aidé d'autres peuples à se libérer. Alors, pourquoi sommes-nous aujourd'hui comme des oiseaux en cage ?

Mathurin le saisit par les poignets et le force à s'asseoir.

— Pour l'amour du ciel, Alexis, je te demande de m'écouter.

Alexis se frotte les yeux et ravale avec peine ses sanglots.

— Tu as l'air d'un feu follet impatient de découvrir l'aube, lui dit Mathurin. Ton impatience est légitime. Elle est à la mesure de ta souffrance et je te comprends. Comme toi, je me sens bouillir de rage et d'impuissance. Cependant, que peuvent notre rage et notre désespoir contre l'injustice et la folie meurtrière de ceux qui nous ont forcés à fuir notre pays, ou contre ceux qui ont dressé ces barbelés qui nous gardent prisonniers ? Il te faut apprendre l'art du « marronnage », cet art qui nous protège et fait que nous sommes encore en vie, en tant que peuple. D'une manière ou d'une autre, nous sortirons d'ici puisqu'ils ne pourront pas nous garder indéfiniment. De cela, au moins, tu peux en être sûr. Aie confiance.

Le groupe de réfugiés fait cercle autour d'eux. Quelques-uns approuvent avec de petits hochements de la tête. Ils ont tous le teint hâve. Les nombreuses privations et, par-dessus tout, les humiliations, semblent avoir eu raison de leur résistance. Plusieurs marmonnent, répétant comme une mécanique les paroles de Mathurin.

— C'est vrai qu'il faut avoir confiance ! Mathurin a raison : trop se presser ne hâtera point le lever du jour.

Mais Alexis ne veut plus rien écouter, ni personne, il se relève et les affronte. D'une voix ferme malgré les larmes, il commence à les haranguer :

— À qui faut-il faire confiance pour recouvrer notre liberté ? À ceux qui sont chargés de nous garder prisonniers ou à nous-mêmes ? Depuis que nous sommes arrivés, nous voilà enfermés comme des rats pris au piège. Qu'avons-nous fait pour qu'on nous traite de la sorte ? Est-ce que j'ai volé quelque chose ? Est-ce que vous avez commis un crime ?

— Non ! répondent les autres, sans trop comprendre qu'ils se trouvent interpellés ainsi par le plus jeune d'entre eux, un enfant aux épaules frêles et aux bras qui pendent comme de longues tiges.

— Nous devons refuser cela ! tonne Alexis avec un accent que Mathurin ne lui connaissait pas.

Son visage ressemble à ce moment-là à celui de son père. Ses yeux rougis sont furibonds. « C'est bien vrai, pense Mathurin : tel père, tel fils. C'est bien vrai... un amandier ne donnera jamais des mangues. »

— Lorsque reviendront les gardiens, continue Alexis, avec leurs regards de momies enfarinées qui glissent sur nous, comme si nous existions à peine, nous devrons trouver le moyen de leur faire comprendre que nous préférons mourir plutôt que de rester ici, enfermés comme des criminels. Plutôt nous jeter à la mer, aller à la dérive, être dévorés par les requins, pourquoi pas? La mort, vous entendez! La mort plutôt que de vivre derrière ces barbelés!

Tout comme son père lorsqu'il s'adressait aux paysans, Alexis n'attend pas les réponses. Il poursuit, comme animé par un ouragan. Ses mains tremblent d'impatience:

— Lorsque je pense au monde, leur dit-il, je le vois tellement beau. Puis je me rends compte que cette beauté n'appartient pas à tous et qu'il faut être bien malin pour en saisir quelques miettes.

Ceux qui l'écoutent ont tous les yeux agrandis par la surprise.

— Tu as raison, Alexis, lance Mathurin, tellement fier tout à coup, comme si, à la place de Raphaël, il était chargé de recueillir ce bonheur d'écouter Alexis.

— Il parle tout à fait comme son père, chuchotent certains.

— Il trouve les mots justes, clament les autres.

— Si nous voulons sortir d'ici, il nous faudra trouver des ailes. Je veux dire, il faudra que ceux qui nous enferment ou bien se décident à nous rejeter à la mer, ou bien nous libèrent.

— Hum ! je ne vois pas comment nous y parviendrons, dit Mathurin, pris au dépourvu face à la détermination farouche d'Alexis.

— Toi, Mathurin, tu as été guide pour touriste, n'est-ce pas ? Tu comprends assez bien leur langue, tu peux leur parler.

— C'est vrai, je comprends l'anglais, un petit peu. Mais... je n'ai pas assez de pratique, ni de vocabulaire. Je ne pourrai pas, Alex. Et quand bien même je parlerais aussi bien qu'eux, ils ne voudront pas m'écouter.

— Tu peux essayer.

— Non. Cela ne donnerait rien, crois-moi.

Alexis refuse de s'avouer vaincu.

— Nous devons tous réfléchir, lance-t-il, en promenant son regard enflammé sur le groupe de réfugiés. S'il est vrai qu'une seule pièce ne tinte pas dans une poche, je suis sûr qu'ensemble nous pourrons faire sonner des cloches. Si nous réfléchissons tous, nous finirons bien par trouver une solution.

— Il n'y a rien à faire, déclare avec amertume Paul. Pourquoi es-tu si têtu ?

— Parce que je sais qu'on n'a jamais perdu une bataille avant de l'avoir commencée, riposte Alexis, d'un ton cinglant.

— On voit bien que tu n'es qu'un enfant. C'est pour cela que tu penses qu'un pot de terre peut avoir raison d'un pot de fer, renchérit Paul.

Piqué au vif, Alexis tourne les talons et part se blottir dans un coin. Sa colère semble fondre et se transformer en larmes silencieuses qui, doucement, baignent son visage fatigué.

13

AYABOMBE !

La nuit est tombée depuis longtemps. Baleines et monstres marins peuplent les rêves des réfugiés endormis lorsque soudain, un ronflement intense, rauque et lancinant, déchire le silence dans le camp. Les réfugiés se réveillent, affolés. Hébétés, ils accourent vers l'endroit d'où provient ce son lugubre, ce hurlement, comme la sirène d'un navire.

C'est Alexis. Il s'est emparé du coquillage que lui avait donné Ma Lena et s'est mis à souffler. Le bruit, obsédant, semble partir du plus profond de la terre, se répand en ondes explosives dans le corps des réfugiés et fait tressaillir leur sang.

— Houn ! Houn ! Houn ! s'époumone Alexis en se promenant partout dans le carré.

Voix de feu, voix guerrière, voix de tonnerre qui s'apprête à déchaîner la tempête, il souffle sans entendre toutes ces voix qui, autour de lui, le supplient de cesser ce vacarme.

Plus loin, dans les bâtiments gris, une à une les lumières s'allument. Pris de panique, des chiens se mettent à aboyer. D'un pas assuré, Alexis se dirige vers Mathurin et lui tend la petite flûte de bambou. Sans hésiter, Mathurin se saisit de l'instrument. On entend alors, mêlé à la voix rauque de la conque, un son mélodieux, entraînant, une voix de pluie fine, légère et chaude à la fois.

Soudain, comme cela s'était produit sur le bateau lors de la traversée, les prisonniers commencent à chanter et rythment en tapant des mains. Le chant, pour les paysans, n'accompagne-t-il pas autant la tristesse que le bonheur? Tous les réfugiés du camp se joignent à ce qui prend de plus en plus l'allure d'un mouvement de protestation. Même ceux dont la langue est l'espagnol, qui parviennent à peine à communiquer avec les Haïtiens, sont aussi de la partie et chantent à tue-tête.

Les heures s'écoulent, ils chantent, le jour se lève, ils chantent encore. Rien ne semble plus pouvoir les atteindre. Les barbelés ne savent comment retenir prisonnières leurs voix. Dans les bâtiments gris, les geôliers s'affolent, ils courent et téléphonent, se demandant comment faire cesser ce tintamarre. Terrorisés par le mugissement de la conque, ils n'osent même plus s'approcher du camp et se contentent de glapir dans les porte-voix :

— *Stop it* ! Arrêtez ! Assez !

Ils ont beau crier, leurs ordres s'arrêtent aux barbelés et ne pénètrent plus dans le camp.

Alexis, les lèvres soudées au coquillage, les yeux fermés, ne voit et n'entend plus rien. Son corps amaigri se plie telle une liane, tandis que de toutes ses forces il souffle dans l'instrument qui jadis, pour les esclaves ses ancêtres, servait à lancer depuis les montagnes le cri de ralliement pour la liberté.

Pendant ce temps, sous les doigts de Mathurin, la flûte appelle Agwé, Loco, Damballah, Erzulie, Simbi, ces dieux que savent prier les paysans haïtiens, lors des

mariages, des baptêmes et des funé-
railles. La flûte implore, réclame à cor et
à cri une tranche de soleil pour Alexis et
les siens. Elle est prise d'une audace
extraordinaire, ses notes se transforment
en lames acérées qui étincellent et rêvent
de croiser le fer avec les pointes
coupantes des barbelés.

Le jour passe, personne ne fait le
compte des heures. Le soleil bascule puis
dégringole à l'horizon. Une nouvelle
nuit s'apprête déjà à remplacer l'autre,
les voix ne faiblissent point. Elles se
mêlent, dans la nuit, au crépitement
frénétique des grillons.

Dans ce camp qui n'avait toujours
été qu'une cité morte, les chants et la
musique des réfugiés semblent avoir
chassé la nuit, la peur et la soumission.
Les voix s'engouffrent dans les cages
d'escaliers, pénètrent dans les tiroirs,
assaillent les tympans des geôliers qui
arpentent nerveusement les salles, les
yeux exorbités, au bord de la démence.
En vain se démènent-ils pour tenter de
rejoindre leurs supérieurs que Mathurin
nomme les faiseurs de lois. Ces derniers,

leur dit-on, ont tous pris congé, trois longs jours de congé. Ils avaient conseillé aux gardiens de lâcher les chiens afin d'effrayer les rebelles. Mais les aboiements furieux aggravent la situation; le vacarme devient tel que les gardiens n'ont d'autre choix que de rappeler les bêtes. Certains gardiens, épuisés, réclament carrément qu'on laisse partir ces réfugiés déments qui sèment la folie dans le camp.

Un nouveau jour se lève, timide. Une clarté diffuse noie les bâtiments gris. Le soleil ne commence à se montrer que vers le milieu du jour. En quelques minutes, pourtant, il s'élève déjà, incandescent tel un feu de brousse. Une chaleur torride règne. Grisés par leurs chants, les réfugiés continuent malgré tout à se démener, à chanter et à danser sans trop d'efforts. « *Lorsqu'on vise, il faut être sûr que la pierre touche l'oiseau. On ne s'arrêtera donc qu'une fois l'oiseau tombé* », disent les paroles d'une chanson qu'ils viennent d'entonner.

Tout à coup, ils entendent le son grave d'un porte-voix :

— *Mesye dam, tanpri souple* (S'il vous plaît, mesdames et messieurs).

Les réfugiés tendent l'oreille.

— On dirait du créole ? interroge Étienne, le charpentier, qui tremble d'émotion.

— *Mesye dam, n ap koute ?* (Messieurs et mesdames, est-ce que vous écoutez ?) reprend-on dans le porte-voix.

— *Ayabombe ! Ayabombe !* (Liberté ! Liberté !) répondent-ils en chœur.

Ce cri libérateur est lâché à l'unisson. Mais ils traînent tous un peu sur la dernière syllabe, tant leur surprise est forte. Puis ils tendent encore plus attentivement l'oreille.

— Je suis l'interprète, entend-on alors clairement en créole.

Les visages se détendent légèrement.

— Je vous dis bonjour !

— *Ayabombe !* répond le groupe de réfugiés.

— Les autorités du camp me demandent de vous annoncer qu'elles ont fait venir une organisation de secours aux réfugiés. Les membres de cette organisation sont déjà sur place pour vous rencontrer, entendre ce que vous avez à dire et vous apporter de l'aide.

— *Ayabombe! Ayabombe!*

Les réfugiés ne tiennent plus en place.

— *Mezanmi, koute byen,* reprend la voix. Mes amis, écoutez bien. Les gardiens vont faire le tour des blocs pour vous ouvrir les portes. Vous pourrez tous vous réunir au centre du camp. Nous devons procéder dans l'ordre et par étape. Je vais accompagner les membres du Secours aux réfugiés et nous allons vous expliquer les procédures. Il faudra être patient. Par la suite, vous serez logés dans un Centre d'accueil en attendant que votre cas soit étudié individuellement.

Lorsqu'enfin les portes s'ouvrent, ils se regardent, étonnés. Ils rejoignent tranquillement le centre du camp, d'où est parti l'appel de l'interprète.

Tous sont amaigris et flottent dans leurs vêtements. Ici et là de petits groupes se forment; des couples qui depuis leur arrivée avaient été séparés, se revoient, étonnés, puis soudain s'étreignent.

Janine cherche son fils. Elle l'aperçoit qui serre longuement la main de

Mathurin. Elle le dévore des yeux. Il a tellement grandi. De son visage, on ne voit plus que les yeux, qui heureusement brillent encore de leur éclat le plus vif.

— Tu as l'air d'un homme maintenant, lui dit sa mère.

Pour la première fois, depuis long-temps, elle peut lui sourire et, d'un ton chaud et caressant, elle ajoute :

— Tu as mes yeux, c'est vrai, mais tu ressembles tellement à ton père, même si tu n'es qu'un *panje-lingwa**.

Elle le serre contre elle et, pleins d'espoir, ils se dirigent vers le milieu du camp où se tiennent déjà tous les autres. Alexis se tourne vers Mathurin et dit :

— Nous n'avons pas gagné la guerre, Mat, mais nous venons de remporter une grande bataille, *Ayabombe* !

— *Ayabombe* ! répond Mathurin.

• FIN DE LA PREMIÈRE PARTIE •

* Escogriffe.

TABLE DES MATIÈRES

Viens nous rejoindre
f /HpourHurtubise
⊙ /editions_hurtubise

Réimprimé en mai 2023
sur les presses de Marquis Imprimeur
Montmagny, Québec